EXCLUSIVO

O CÍRCULO

Obras da autora publicadas pela Galera Record:

Série Exclusivo

Exclusivo
Só para convidados
Intocáveis
Confissões
O círculo

KATE BRIAN

EXCLUSIVO

O CÍRCULO

Tradução de
DANIELA DIAS

1ª edição

GALERA RECORD
RIO DE JANEIRO • SÃO PAULO
2014

CIP-BRASIL. CATALOGAÇÃO NA PUBLICAÇÃO
SINDICATO NACIONAL DOS EDITORES DE LIVROS, RJ

B86c
Brian, Kate, 1974-
O círculo / Kate Brian; tradução Daniela Dias. – 1ª ed. –
Rio de Janeiro: Galera Record, 2014.
(Exclusivo; 5)

Tradução de: Inner circle
Sequência de: Confissões
ISBN 978-85-01-09470-4

1 Ficção americana. I. Dias, Daniela. II. Título. III. Série.

13-07044

CDD: 813
CDU: 821.111(73)-3

Título original em inglês:
INNER CIRCLE

Copyright © 2007 by Alloy Entertainment and Kieran Viola
Publicado mediante acordo com Simon & Schuster Books for Young
Readers, um selo de Simon & Schuster Children's Publishing Division.

Todos os direitos reservados.
Proibida a reprodução, no todo ou em parte, através de quaisquer meios.
Os direitos morais do autor foram assegurados.

Texto revisado segundo o novo Acordo Ortográfico da Língua Portuguesa.

Adaptação do design de capa criado por Julian Peploe.

Direitos exclusivos de publicação em língua portuguesa somente para o Brasil
adquiridos pela
EDITORA RECORD LTDA.
Rua Argentina, 171 – Rio de Janeiro, RJ – 20921-380 – Tel.: 2585-2000,
que se reserva a propriedade literária desta tradução.

Impresso no Brasil

ISBN: 978-85-01-09470-4

Seja um leitor preferencial Record.
Cadastre-se e receba informações sobre
nossos lançamentos e nossas promoções.

Atendimento e venda direta ao leitor:
mdireto@record.com.br ou (21) 2585-2002.

ANO NOVO

A chuva da madrugada havia deixado um brilho molhado nas árvores que margeavam a estrada. Nuvens flutuantes perseguiam a brisa pelo límpido céu azul. O sol fazia tudo cintilar. Aos meus pés se amontoavam os papéis amassados das embalagens engorduradas de fast-food, e o ar do carro estava pesado com um cheiro de café velho, mas do lado de fora o mundo parecia novo. Limpo. Esperançoso. Até mesmo a placa de boas-vindas aos alunos estava renovada. Não havia sido trocada, é claro, mas alguém providenciara uma boa poda nos galhos que antes a mantinham escondida. E também dera um jeito nas ervas daninhas e moitas de flores silvestres ao redor. Era um novo ano. Um novo começo.

Meu pai passou com o carro por baixo dos portões e começou a percorrer o longo caminho sinuoso rumo ao coração do campus no alto do morro. Fiquei prendendo a respiração suspensa até ver o cume da torre de pedra da capela da Academia Easton despontar no meio das copas das árvores.

Minha pulsação, já acelerada, nesse momento disparou. Eu me inclinei para a frente entre os dois bancos dianteiros para sondar a reação da minha mãe. Seus olhos estavam pregados no vidro da janela do nosso Subaru empoeirado e amassado, o queixo começando a cair.

— As fotos do catálogo não fazem jus a este lugar — falou ela.

— O que foi que eu lhe disse? — retrucou meu pai, com um traço de orgulho marcando a voz.

Ele, afinal, já estivera na Easton antes. Minha mãe não. Em todas as oportunidades anteriores, seu estado de azedume e torpor induzido por remédios estivera forte demais para permitir que encarasse a longa viagem entre Croton, Pensilvânia, e Easton, Connecticut. Ou para ela se importar com o fato de eu estar saindo de casa. Mas isso era página virada, agora. Mamãe estava limpa. Sem química desde janeiro. Com alguns quilos a mais. As faces coradas. E realmente lavava os cabelos agora. Todos os dias. Passei apenas duas semanas em casa para testemunhar esse comportamento, mas vi acontecer de verdade. Com meus próprios olhos. Antes disso, eu havia passado a maior parte do verão em Martha's Vineyard com a família de Natasha, trabalhando de garçonete num restaurante de frutos do mar na beira da praia e aprendendo a velejar com ela e o pai nas horas vagas. Depois que Natasha viajou para Darthmouth, minha rápida passada em casa fora recebida com arrumação e paredes recém-pintadas, geladeira abastecida e a cama da minha mãe verdadeiramente feita. Duas semanas depois de ter desembarcado nesse cenário, ainda estava me adaptando à nova e melhorada Mamãe.

— Reed, que lugar lindo — me disse ela, virando para trás com um sorriso. Com a atenção realmente focada em mim. Sem olhos errantes. Sem o olhar vidrado. Focada. Em mim. — Ainda não acredito que você estuda aqui.

Minha reação foi um suspiro.

— Eu também não.

Principalmente depois de tudo que havia acontecido no último ano escolar. Com apenas alguns meses de Easton, tinha me apaixonado pela primeira vez, perdido a virgindade, feito amizade com as garotas mais poderosas do colégio... e continuado ao lado delas na mais completa ingenuidade enquanto uma das tais garotas assassinava brutalmente meu namorado. E isso fora só o começo.

Mas não. Eu não pensaria nesse assunto. Recostando no banco do carro, fechei os punhos até sentir as unhas espetarem as palmas das mãos. Esse seria o ano de um novo começo. O passado ficara para trás. O último ano não podia me atingir. Aquelas pessoas não estavam mais ali. Haviam sido transferidas ou presas ou simplesmente sumido do mapa. Este ano eu teria a chance de ser qualquer coisa que desejasse ser.

Meu coração palpitava de nervosismo e empolgação quando o carro do meu pai emergiu do meio do bosque para o círculo pavimentado diante dos dormitórios dos calouros. Kiki Rosen e Diana Waters aguardavam ao lado de um sedã preto enquanto suas enormes malas Coach e Louis Vuitton eram descarregadas. Kiki estava com os cabelos louros cortados bem curtos e a franja tingida de rosa-shocking, mas continuava com os fones do iPod atarraxados permanentemente aos ouvidos. Diana deixara as madeixas crescerem até passarem da altura dos ombros; parecia mais alta... mais velha. As duas ergueram os olhos quando meu carro passou e acenaram. Acenei de volta e dei um sorriso. Rostos familiares. No ano passado, nessa mesma data, eu não conhecia ninguém. No ano passado, sentia que talvez nunca fosse me encaixar nesse cenário. Agora havia gente para me dar boas-vindas. Tudo realmente seria diferente.

Meu pai encostou o Subaru na frente de uma reluzente Mercedes branca e desligou o motor. Saltei do carro e aloguei os músculos, erguendo os olhos para as vidraças cintilantes do Alojamento Bradwell. Ali da entrada, dava para notar que os quartos já haviam sido decorados e personalizados. Diversas janelas exibiam cortinas, e, lá no alto, alguém escutava Avril Lavigne no volume máximo. A Easton passara por algumas mudanças para o novo ano. Segundo o informativo que eu recebera no verão, o colégio tinha um novo diretor geral — e ele já estava se fazendo notar. Uma das modificações fora na escala de chegada dos alunos. Calouros e segundanistas haviam sido admitidos 24 horas antes do habitual, para terem tempo de se ambientarem antes da recepção aos veteranos e também para evitar a confusão de carros e bagagens no círculo diante dos alojamentos. Minha mãe desembarcou e girou a cabeça para o alto, protegendo os olhos com as mãos para contemplar a fachada de pedras cinzentas.

— Este foi meu primeiro alojamento — expliquei. — O prédio do Billings fica atrás, no pátio interno.

Só de pronunciar a palavra *Billings*, senti uma onda de ansiedade. Aquele lugar quase havia sido o cenário da minha morte. Uma pessoa que considerava amiga tentara me assassinar no terraço do prédio. A mesma pessoa que acabara com a vida do cara que eu amava. Ou que achei que amasse.

Já não sabia se algum dia havia percebido com clareza os sentimentos que nutrira por Thomas Pearson, agora que ele não estava mais entre nós. As unhas se cravaram nas palmas das minhas mãos outra vez. O Billings não era aquele lugar. Não mais. Ariana tinha ido embora. Este ano — do mesmo jeito que havia acontecido no primeiro semestre do ano anterior — o alojamento estaria cheio de amigas. Uma brisa leve afastou meu cabelo. Virei o rosto para o sol, lá no alto, e sorri.

Era um novo ano. Inspirando bem fundo, deixei a esperança tomar o lugar do medo dentro de mim.

— Bem, era só isso — falou meu pai, batendo as palmas das mãos nos jeans. — As outras garotas, pelo visto, têm bagagem à beça.

Percorri a fileira de carros com o olhar. Havia montanhas de malas e eletrônicos e caixas plásticas e fardos com roupas de cama. Minhas duas malinhas, a mochila nova de couro e o pacote com o jogo de cama tinham um ar encabulado diante daquela profusão de coisas. Eu me debrucei para pegar o estojo do laptop dentro do carro. O estojo e o computador que havia dentro dele tinham sido presentes de Natasha no fim do verão.

Uma garota que recebeu as honrarias supremas por dois bimestres seguidos não pode ser vista fazendo trabalhos nos computadores da biblioteca, ela me dissera. *Você não vive na pré-história.*

Pois é, depois dos dois bimestres medíocres no princípio do período letivo (por culpa do drama extracurricular no qual me meti), eu voltara das férias de Natal pronta para a vingança acadêmica e arrebanhara as Supremas de março e de

9

junho. Natasha, a garota que sempre dava um jeito de estar no pelotão de liderança, só faltou explodir de orgulho. Pensar nela me fez sorrir. Ah, como eu sentiria falta da companhia dela no quarto! Meus nervos estavam em polvorosa com a perspectiva de saber quem seria minha próxima companheira. Eu estava torcendo para que fosse alguém legal. Alguém normal. Alguém de quem eu pudesse ficar amiga.

— Tudo certo, pequena? — perguntou meu pai, a mão quente pousando no meu ombro.

— Tudo bem. Vai ser um bom ano — falei, com um sorriso confiante. — Certamente melhor que o último.

— Ah, isso não deve ser tão difícil assim — gracejou ele.

Minha mãe e eu rimos. E de repente meu coração ficou tão repleto que ameaçou me tragar inteira. Olhe só para nós. Os três ali juntos. Quase uma família normal. Normal. Aí estava uma palavra que eu não costumava ter a chance de usar com muita frequência.

— Muito obrigada, a vocês dois — falei, abraçando primeiro meu pai.

— Dê tudo de si, pequena — disse ele, plantando um beijo no alto da minha cabeça.

Eu me virei para mamãe. Os olhos dela estavam brilhantes de lágrimas. Uma coisa ficou agarrada na minha garganta quando me inclinei para abraçá-la.

— Tenho um orgulho enorme de você, Reed — disse ela, com esforço.

— Obrigada, mãe — respondi.

E então os dois estavam de volta aos seus lugares no carro. Dando a partida no motor. Indo embora. Minha mãe apertou as pontas dos dedos no vidro da janela para um último aceno.

Levantei o braço em resposta. Esperei no mesmo lugar até a alquebrada placa do estado da Pensilvânia sumir morro abaixo. E no mesmo instante me dei conta, num sobressalto, de que sentiria saudades da minha mãe. Sentiria saudades dela de verdade.

Recolhi minhas coisas e rumei para o Billings, cheia de uma confiança renovada. De repente, tudo parecia possível.

PAZ

— Contrariando minha posição, o reitor acadêmico resolveu deferir seus dois pedidos de matérias eletivas. Cursar romance moderno junto às aulas de inglês regulamentares não deve representar um desafio tão grande. Mas matricular-se na colocação avançada em química no mesmo ano em que faz a colocação avançada de biologia já exigida pelo currículo da sua série é certo excesso de ambição, mesmo para uma aluna como você.

A papada da Sra. Naylor havia crescido. Estava tão dependurada por cima do colarinho que ela poderia facilmente acomodá-la dentro da camisa, se quisesse. Seus olhos nadavam nas órbitas enquanto ela me fitava do outro lado da escrivaninha com o ar de reprovação que já me era familiar. Ao fundo, as estantes de madeira abarrotadas de volumes empoeirados transbordavam em pilhas de livros espalhadas aleatoriamente pelo chão. O cheiro rançoso de cebola almiscarada, que desde sempre impregnava o ar da sua sala, ganhara uma nota mais pungente. Como se alguma coisa tivesse se esgueirado ali para dentro, devorado as cebolas rançosas e depois morrido.

— Bem, com certeza o reitor não teria aceitado minha solicitação se não achasse que eu poderia dar conta de tudo — respondi numa voz doce, guardando o papel com a nova grade de horários na mochila.

— Pelo contrário. Alunos agraciados com as Supremas sempre têm liberdade para montar seus planos de estudo como querem, não importando o que nós, mais experientes, pensemos a respeito — retrucou ela, a papada sacudindo de um lado para o outro.

Precisei apertar os lábios para segurar o riso. Ano passado, ela havia sido uma presença intimidante. Este ano, Naylor e seu delineador fora do prumo eram apenas motivo de riso.

— Mais alguma coisa? — perguntei.

Ela estreitou os olhos. Dobrou os dedos encarquilhados sobre o tampo da mesa.

— Não. Está dispensada. Mas tenho certeza de que a senhorita não demora a aparecer aqui outra vez trazendo um formulário de trancamento.

Eu me levantei, arrastando a cadeira de madeira para trás com um rangido alto.

— Eu não contaria com isso.

E dei as costas para seu rosto irritado, me sentindo a própria Noelle Lange, sorrindo para mim mesma. Era muito raro eu conseguir dizer exatamente o que tinha vontade e no instante em que pretendia fazer isso, e, nesses momentos, sempre me lembrava de Noelle. Quando saí para o ar ensolarado, comecei a imaginar onde ela poderia estar naquele momento. Será que estaria pensando na Easton? No ano anterior, eu tinha ouvido que os advogados do pai dela investiram todas as habilidades olimpianas de argumentação a fim de conseguir uma redução de pena para a acusação de sequestro que pesava contra ela e que, no final, converteram-na para uma punição relativamente suave de sentença condicional e serviços comunitários. Mas nada disso fora apurado em primeira mão. Eu não ouvia uma palavra da boca de Noelle desde o dia de Natal e do telefonema que ela dera para me convencer a voltar à Easton. Não houvera nem mais um e-mail, uma mensagem de texto, uma ligação depois disso. Às vezes, meu mundo parecia vazio sem ela. Às vezes, me sentia a mais afortunada das criaturas por estar livre da sua influência.

De qualquer maneira, uma coisa era certa: se não fosse por Noelle, eu não estaria aqui. Ou sequer estaria viva, para começo de conversa. Mas não estaria na Easton se ela não tivesse me feito prometer que voltaria. E não teria todas as lembranças incríveis da última primavera. Não estaria sentindo toda essa esperança palpitando no peito enquanto me afastava do Edifício Hull. Se não fosse por ela, teria ficado em Croton vendo Tommy Colón fazer gestos obscenos a cada vez que o inspetor Weiss fuzilava o auditório com o olhar. Humor refinado, o do rapaz.

— Passa a bola! Passa!

Uma dúzia de garotos do time masculino de futebol batia bola no meio do pátio, as mangas das camisas sociais arregaçadas, os sapatos largados de lado e trocados por pares de tênis ou chuteiras. Estaquei. Havia uma sensação de familiaridade ali. Certo clima de *déjà vu*. Quando ouvi meu nome ser trazido pela brisa, o coração falhou.

Thomas.

Meus olhos foram para o chão. Era quase o ponto exato onde eu havia praticamente tropeçado nele no ano passado. Onde tínhamos nos conhecido. Onde flertamos pela primeira vez. Iniciado aquele sei-lá-o-quê que rolou entre nós. Senti o couro cabeludo repuxar todo. As pontas dos dedos formigavam. Ele estava ali. Estava bem ali.

— Reed!

Girei o corpo e mal tive tempo de tomar fôlego antes de Josh Hollis vir para cima de mim a toda velocidade. Ele me tomou nos braços, tirando meus dois pés do chão.

— Oi! — falei num sopro.

E me agarrei a ele. Mergulhei o rosto naquela curva morna entre o pescoço e o ombro. Seu cheiro continuava exatamente igual. De sempre-vivas e tinta fresca. Meu Deus, que sensação gostosa. De alívio. De voltar para casa. Minha casa era com Josh. Não em Martha's Vineyard. Não em Croton, Pensilvânia. E nem mesmo na Easton. Com Josh. Não nos víamos desde o último dia de aula em junho, e, apesar de eu ter ficado o verão com a sensação de que o tempo se arrastava sem ele, agora era como se não tivesse passado nem um segundo.

— Nossa, que saudade eu estava de você! — falou ele, afastando o rosto para me plantar um beijo firme nos lábios.

— Também senti saudades — respondi, com uma risadinha espremida. Uma risadinha. Reed Brennan não era uma garota de soltar risadinhas. Não com muita frequência, pelo menos.

Josh tentou me pôr no chão outra vez, mas nossos pés se embaralharam e acabamos tombando juntos. Às gargalhadas. O rosto dele pairou sobre o meu. Os olhos azuis dançavam de alegria. O cabelo cacheado louro-escuro havia sido cortado rente num penteado arrumadinho de garoto de escola particular, mas um caracol rebelde insistia em despontar por trás da orelha direita.

— Hummmm. — Josh tinha os olhos fixos em mim, estirada no meio do pátio. — Isso me dá umas ideias.

Meu coração bateu em falso.

— Sei.

Ele correu os olhos em volta, numa busca rápida por qualquer sinal de autoridade escolar. E, em seguida, vendo que a barra estava limpa, inclinou a cabeça para me dar um beijo. Um beijo de verdade agora, debaixo da chuva de uivos e vivas e sacanagens gritadas pelos seus colegas de time. Quando voltou a se afastar, Josh correu a ponta do dedo desde minha têmpora até o queixo. Ele estava sem fôlego.

— No verão que vem — me disse baixinho —, chega dessa história de ir cada um para seu lado.

TRADIÇÃO, HONRA, INTIMIDAÇÃO

Sorri, total e completamente em paz.

— É, chega mesmo.

— Reed!

Constance Talbot me engolfou num abraço antes mesmo de eu conseguir terminar de levantar do banco da capela. Nossas cabeças se chocaram uma contra a outra, e ela se encolheu de dor ao cair com o traseiro em cheio na madeira dura do assento.

— Ah, me desculpe. Acho que exagerei na empolgação — falou Constance, esfregando furiosamente a testa. O sol deixara um tom rosado por baixo de todas as suas sardas, e ela parecia ter usado o verão para conseguir um jeito de domar a eriçada cabeleira ruiva num penteado impecavelmente liso. Estava usando uma camiseta branca e um cardigã de tricô cinza largão sobre uma minissaia xadrez. Raios de luz, coloridos pelos vitrais, dançavam no rosto dela.

— Não faz mal. Você está ótima — falei.

— Não estou? Achei um produto para cabelo que é uma dádiva dos deuses — explicou ela, jogando as compridas madeixas para trás dos ombros. — Mas *você*, garota, está a perfeita rainha do surfe! Eu seria capaz de matar para conseguir um bronzeado assim!

— É herança da família da minha mãe. Sangue índio — falei.

— Que máximo! Eu nunca soube disso! — soltou Constance. E, em seguida, franziu o cenho. — Para falar a verdade, não sei nada sobre sua família.

— É que normalmente não falo muito deles — concordei. Só que isso, como tantas outras coisas, também havia mudado. — Mas me conte, como foi o verão?

Tínhamos trocado e-mails ao longo das férias, e eu sabia de todos os detalhes sobre os meses que Constance passara longe da Easton, mas mesmo assim senti o impulso de perguntar. As famílias dela e de Walt Whittaker veranearam juntas em Cape. E os dois haviam passado quase todas as noites das férias em escapadas românticas até a praia ou se agarrando na sacada da casa da família dele, embalados pelo som das ondas quebrando na praia. Constance sabia ser bem poética via e-mail.

— Foi ótimo! — respondeu ela numa voz animada. — Tirando o fato de que... acho que não recebi convite para o Billings.

Pisquei os olhos, ouvindo o burburinho na capela aumentar até quase atingir um nível ensurdecedor. O lugar estava ficando lotado.

— É verdade. Tinha me esquecido desse assunto.

Todas as primaveras, as Meninas do Billings recebiam a incumbência de escolher os nomes das substitutas para as veteranas que deixariam o colégio. Mas, no ano passado, o grupo das formandas enviara uma carta — uma diretriz oficial, melhor dizendo — determinando que não seria adequado manter a votação e o tradicional envio de convites às escolhidas em vista de tudo que havia acontecido. Com isso, o alojamento continuava com seis vagas abertas. E eu não fazia ideia de como as atuais moradoras tinham a intenção de preenchê-las.

— Pois é, e pelo visto fui barrada na seleção — retrucou ela, irônica. — Mas quem foi que entrou? Pode falar. Eu aguento o golpe.

— Na verdade, até onde eu sei, não entrou ninguém. A votação nem chegou a acontecer. Depois descubro em que pé está essa história. Talvez você ainda tenha uma chance — falei.

— Você acha? — Os olhos de Constance se arregalaram, esperançosos, e na mesma hora me arrependi de ter dito alguma coisa. Agora seria uma decepção a mais se ela não entrasse.

— Só não vá se empolgar demais antes de eu me informar melhor — alertei. — E, se quer saber minha opinião, depois do ano passado, não entendo por que alguém ainda poderia querer ir para o Billings.

Além de ser parcialmente sincero, esse comentário lhe daria uma justificativa racional em que se apegar se por acaso ficasse de fora da seleção.

— Ah, qual é? Por causa daquilo? Nem um caso de assassinato é capaz de arranhar a aura de fascínio do Alojamento Billings — retrucou ela num impulso. Mas em seguida bateu com a mão espalmada na boca. — Desculpa.

— Não, tudo bem — respondi, forçando um sorriso. Enquanto me perguntava se não seria aquilo mesmo. Se a morte de Thomas e a culpa de Ariana, e a minha própria experiência de quase-morte, no fundo acabariam não tendo o menor impacto sobre nada. Essa ideia fez meu estômago se revirar.

— Sério, me perdoa. Não acredito que falei isso — prosseguiu Constance. — Você deve estar me achando uma...

O som das pesadas portas da capela se fechando cortou a frase, e o burburinho em volta cessou por completo. Fui poupada de ter de continuar consolando Constance pela sua incontinência verbal. Diana se debruçou por cima das pernas da ruiva para me dar um cutucão e um aceno de "Oi". Quando inclinei o corpo para cumprimentá-la, uma garota alta e magra com a pele num tom de marrom-claro e os cabelos pretos compridos deslizou para o último lugar vago na ponta do banco. Ela lançou um olhar hesitante ao redor e apertou o fino agasalho turquesa em volta do corpo. Com sandálias douradas de tiras trançadas, um vestido leve e a pele exalando frescor, parecia ter desembarcado de um avião proveniente de algum recanto exótico no Caribe diretamente na capela. Só podia ser uma novata. Qualquer pessoa que já tivesse entrado na capela da Easton saberia que o lugar é gelado mesmo nos dias mais quentes. Os alunos sempre se preparavam usando suéteres de outono. A garota devia estar tremendo.

— Olhem só a Srta. Beldade da Ilha — zombou Missy Thurber, bem atrás de mim. Missy, obviamente, trajava a camiseta mais justa que conseguira passar por sua cabeça para realçar seus peitos gigantes e estava com os cabelos louros arrumados numa impecável trança embutida. Não tão impecável a ponto de conseguir desviar a atenção de suas narinas cavernosas, é claro.

— Aquilo que ela tem nas orelhas são brincos de *conchas?* — sussurrou de volta Lorna Gross, a Fã Número 1 de Missy. Originalidade não era o forte de Lorna. Todos os dias, ela aparecia com um visual quase idêntico ao que a adorada Missy exibira na véspera. Para que as pessoas que por acaso tivessem perdido a produção do tipo copiei-tudo-da-*Teen-Vogue* da outra pudessem conferir os detalhes no replay. E, ao que parecia, a escolha do dia anterior havia sido vestido preto de jérsei com brincos de diamantes, porque era isso que Lorna estava usando.

Revirei os olhos e lancei na direção da novata o que esperava que fosse um sorriso de boas-vindas. Infelizmente, ela nem me viu. Seu olhar estava vidrado na dupla de garotos do primeiro ano que acendia os lampiões à entrada da capela. O ritual de ano-novo havia começado.

Uma pancada alta ressoou nas portas da capela. Um sujeito alto de cabelos brancos e com o rosto quadrado ergueu-se de trás do púlpito, o queixo erguido de maneira altiva. Tudo nele era duro e engomado, do colarinho da camisa branca até as barras impecavelmente retas da calça do terno cinzento. Um *pin* da bandeira americana estava espetado na gravata vermelha de nó duplo. A figura me fazia lembrar do patriarca da família rica na novela vagabunda que a irmã caçula de Natasha tinha acompanhado, sem perder um capítulo, o verão inteiro. Aquele tipo de pessoa que sempre sabe de tudo que está se passando à volta e nunca aprova coisa alguma. Uma onda de cochichos varreu o recinto.

23

— Esse aí é o novo diretor, pelo jeito — sussurrei para Constance.

— Diretor Cromwell — confirmou ela. — Dizem que já estudou aqui, tipo na pré-história.

Um fruto da Easton. Interessante. Meus olhos se cravaram no homem que caminhava pela nave da capela, as mãos retas dos lados do corpo como se fosse um dos membros da guarda da rainha. A cabeça não se voltava nem para a direita nem para a esquerda. Ele não sentia a necessidade de vistoriar seus novos domínios. Parando à porta, ele enunciou:

— Quem solicita entrada neste santuário?

— Mentes ávidas em busca do conhecimento. — Veio a resposta.

— Então sejam bem-vindas.

As portas foram abertas, deixando passar Cheyenne Martin e Lance Reagan, os dois envoltos na luz dourada projetada pelos raios de sol às suas costas. Era a primeira vez que eu revia minha companheira de alojamento, Cheyenne, e fiquei impressionada por constatar como ela estava linda. Os cabelos louros tinham ganhado um corte Chanel superliso na altura do queixo, e a pele estava clara, suave e perfeita. O toque leve de maquiagem — blush rosado, batom rosa e cílios modelados — ajudava a compor a imagem perfeita da princesinha rica de colégio de elite até o último fio do vestido rodado com cardigã. Tanto ela quanto Lance mantiveram o olhar voltado para o púlpito enquanto carregavam os tradicionais tomos pela nave central. Quando Cheyenne passou pelo grupinho dos garotos veteranos, avistei Trey Prescott. Lindo como sempre, numa camisa tinindo de branca que realçava a pele morena, estava com o rosto voltado direto para a frente. Não dirigiu mais que um olhar de relance na direção da garota, a atitude gélida perceptível até da distância em que eu me encontrava. Pelo jeito, o namoro dos dois não havia resistido até o fim do verão.

Cheyenne e Lance depositaram os livros no púlpito.

— Tradição, honra, excelência — entoaram os dois em uníssono.

— Tradição, honra, excelência — repetimos todos, nossas vozes enchendo a capela.

As portas voltaram a se fechar, e o diretor Cromwell retornou pela nave central para tomar seu lugar no púlpito. Por um longo instante, ele se permitiu fitar as fileiras e mais fileiras de bancos, todos os rostos voltados para cima cheios de expectativa. O ligeiro escárnio que repuxou seus lábios mostrou que a visão não o impressionara muito.

— Sejam bem-vindos, alunos, ao seu novo ano na Easton. Sou o diretor-geral Cromwell. — A voz era baixa e cheia de autoridade. — Tive a honra de ser escolhido pelo conselho diretivo da Academia Easton para assumir o leme e ajudar a conduzi-los em direção a uma nova era. De hoje em diante, deixaremos o passado para trás. De hoje em diante, não seremos mais uma comunidade dilacerada pelo escândalo e pela tragédia. Todos tiveram o tempo necessário para se recuperar do baque que sofreram, e agora chegou o momento de olharmos para o futuro. Um futuro que cintila, repleto de esperança, integridade, conhecimento e respeito.

Constance e eu trocamos olhares impressionados.

— Dito isso, quero que saibam que não aceitarei nada que não seja o melhor de cada um dos alunos desta academia. Não permitirei alunos insolentes. Não tolerarei qualquer tipo de imprudência ou imaturidade. Não admitirei nenhum comportamento que possa gerar uma repercussão negativa para este colégio. Ouçam o que estou dizendo, todos vocês, e ouçam com atenção. As coisas vão mudar por aqui.

As últimas palavras foram ditas bem lenta e deliberadamente, como se ele quisesse martelá-las no cérebro de cada um dos adolescentes presentes. Impressionada, eu tinha dito? Pois, nesse momento, o que senti foi uma pontada de pavor. E, pelas expressões que pude ver em volta, a sensação de medo foi generalizada.

— Deste momento em diante, espero que cada um de vocês trabalhe em prol de uma nova Academia Easton — prosseguiu, a voz num crescendo como no discurso inflamado de um ditador. — Este colégio será conhecido a partir de hoje como uma instituição formadora de caráter. Formadora de decência. Pois é isso que há de produzir a nata suprema da juventude deste país.

De repente, o ruído alto e demorado de um peido encheu a capela. Todos os veteranos caíram na risada e se agitaram nos assentos. Ouvi uma gargalhada que só poderia pertencer a uma pessoa: Gage Coolidge.

A tensão se espalhou no recinto. Meu coração ribombou quando o olhar fuzilante do diretor Cromwell foi até o fundo da capela. Voltando-se para o lado direito, ele fez um aceno de cabeça na direção de uma silhueta escura parada entre as sombras no canto que havia atrás do púlpito.

— Sr. White, tenha a bondade — pediu o diretor.

Um sujeito magro, mas com ar intimidador, as faces encovadas de um vampiro e o cabelo louro-branco, deslizou pela nave central, parando bem diante do banco ocupado por Gage. Ele inclinou o corpo e o chamou com o dedo. O próprio Anjo da Morte.

Ninguém mexeu um músculo. Gage baixou a cabeça e a sacudiu de um lado para o outro, como se não tivesse a menor intenção de sair de onde estava. Tudo que o sujeito fez foi se debruçar ainda mais por cima do garoto sentado na ponta do banco e chamar com o dedo outra vez. O rosto de Gage já estava roxo, a esta altura. Ele empurrou o traseiro para longe do assento e seguiu a criatura até o lado de fora.

— Quem. É. Esse. Cara? — sibilou Missy atrás de mim.

— O novo leão de chácara da Easton? — arrisquei à meia-voz.

A porta da capela se fechou com uma batida. Não fui a única a pular de susto.

— Muito bem, onde estávamos? — indagou o diretor Cromwell. Ele parecia mais animado agora, de alguma maneira. — Ah, sim. Este ano instituiremos um programa de tutoria. Diversos alunos antigos da Easton foram escolhidos para acompanhar colegas transferidos e primeiranistas. Assim que saírem daqui, quero que cada um verifique na sua caixa de correio se foi agraciado com essa honra.

Missy e Lorna soltaram resmungos, enquanto muitos dos meus colegas trocavam olhares estupefatos. A sessão de boas-vindas durou mais trinta minutos, e, ao longo desses trinta minutos, nenhuma viva alma teve coragem de se mexer.

INTERESSANTE

— Dá pra acreditar naquele sujeito? — Missy rumava para o pátio batendo os pés. De algum jeito, suas narinas se ampliavam ainda mais quando ela estava com raiva. Como se estivessem se preparando para soltar fogo a qualquer instante.

— Pois é. Até parece que existe alguma chance de as coisas mudarem por aqui — completou Lorna.

Mas ela própria certamente estava mudada. Lorna Gross não apenas havia deixado as madeixas escuras crescerem até se livrar do antigo formato de carapinha triangular, como agora exibia um nariz claramente remodelado. Estava quase bonita. Uma pena que a ausência de personalidade estragasse o conjunto.

— Não sei, não. Tudo está parecendo meio diferente de qualquer maneira. Vocês não acham? — perguntei, me voltando para Constance, Kiki e Diana. De Missy e Lorna, eu sabia que só conseguiria sarcasmo, isso se elas se dessem ao trabalho de reagir à pergunta.

— Que papo é esse, Brennan? — indagou Diana, rindo. — Está tudo como sempre foi.

— Vai ver que essa sensação de algo diferente é só porque Noelle Lange não está mais aqui para bancar a maioral pra cima de todo mundo — sugeriu Missy, com um ar de escárnio triunfante.

Como se Missy Thurber pudesse sequer sonhar estar à altura de menosprezar alguém como Noelle Lange. Mas eu sabia que, se havia alguém feliz com a ausência de Noelle, esse alguém era ela. No ano passado, Noelle só faltara soletrar para Missy que a garota tinha zero chance de ser aceita no Billings — mesmo que sua mãe tivesse sido uma Menina do Billings. E agora Missy voltara ao páreo com tudo. A menos que eu tivesse alguma objeção.

— Você teve notícia dela no verão? — perguntou Constance. — Ou soube de alguma das outras?

Todos os olhares se voltaram para mim. Eu, afinal, era a única ali a ter alguma ligação com as quatro garotas que haviam sido as soberanas absolutas do Billings. As soberanas do colégio todo, a bem da verdade. E agora o grupo me via como uma referência. Como alguém especial. A garota que tinha partilhado da intimidade da realeza. E foi por isso que me senti uma idiota quando tive de responder:

— Não, não tive notícias de ninguém.

Não que eu não quisesse ter notícias. Não que eu não tivesse tentado saber o paradeiro delas. Mas Noelle, Kiran e Taylor haviam mudado os endereços de e-mail e os números dos celulares. E todas as minhas tentativas de contato foram respondidas com uma mensagem de erro na caixa de entrada do computador ou por uma voz anasalada informando que o número estava desligado ou fora de serviço. Depois de um tempo, precisei desencavar o pouco orgulho pessoal que me restava e aceitar o fato de que elas haviam virado a página. Sem mim. Natasha afirmava que eu devia ficar feliz por me ver livre daquela trupe. E talvez devesse mesmo, em algum nível. Mas ainda me doía ter sido descartada de um jeito tão brusco e tão fácil.

Missy soltou uma bufada de escárnio, revirou os olhos e continuou caminhando — consequentemente, foi isso que Lorna fez logo em seguida. Tive vontade de dar com as cabeças das duas uma na outra, mas, em vez disso, entrelacei as mãos nas costas.

— Eu soube que Ariana foi para uma instituição para tratamento de doenças mentais em algum canto do sudoeste ou coisa assim — falou Diana. — Tipo o *top* da segurança máxima.

Eu tinha ouvido a mesma coisa, só que seria num lugar ao norte do estado de Nova York. Sempre que pensava em Ariana, eu a via metida numa camisa de força, os olhos azul-claros pregados numa janela enquanto ela planejava sua próxima manobra — bem ao estilo Hannibal Lecter. E, em seguida, precisava sacudir a cabeça para espantar a imagem e a sensação terrível de arrepio na espinha que esta me provocava.

— Taylor Bell está morando em Portugal — falou Lorna.

— Portugal não, era em Praga — disparou Missy.

— Nã, nã — retrucou Kiki, participando da conversa pela primeira vez e falando num volume exagerado para compensar a zoeira despejada nos seus ouvidos pelo iPod. — Clínica de reabilitação.

— Como é? Sem essa! Taylor não era chegada nem em bebida alcoólica — falei.

— Comprimidos — explicou Kiki, séria. — É sempre com as mais quietas. — Uma ironia isso vir justamente dela, que fazia parte do grupo das caladonas.

— Bom, tenho provas de que Kiran está morando em Paris e trabalhando como modelo por lá — interveio Diana. — Vi o novo outdoor da Calvin Klein com a foto dela no Champs Élysées nas férias, e minha mãe conhecia o fotógrafo. Ele disse que a garota agora é de um profissionalismo exemplar. Nada de farra. Nada de noites viradas. Nada de dietas malucas. Só vai de casa para os estúdios e volta para casa para ler.

— Isso *aí* com certeza é mentira — brinquei.

— O que acho esquisito é o fato de nenhuma delas ter voltado para a escola — disse Constance, quando chegamos à bifurcação da alameda entre o Billings e o Pemberly, um dos alojamentos femininos do terceiro e do quarto anos. — Quero dizer, a não ser que na verdade elas tenham ido todas para a cadeia ou algo parecido, por que não voltariam?

— Hum, por causa da humilhação completa e absoluta que teriam de encarar? — retrucou Missy, sarcástica. Ela parou para examinar a ponta da trança antes de voltar a jogá-la por cima do ombro. — Mas aquelas lá eram todas psicóticas mesmo. Já foram tarde.

Meus dedos formaram um punho fechado contra as costas.

— Qual é o seu problema?

— Problema? — Missy me lançou um olhar cortante. — Eu achava que você teria os maiores motivos para querer ver Noelle e seu grupinho ardendo no inferno. Afinal, elas mataram seu namorado.

— *Elas* coisa nenhuma. Foi Ariana. As outras cometeram um erro — cuspi, mal conseguindo segurar a fúria. Ainda que uma pequena parte de mim na verdade concordasse com uma pequena parte do que ela dissera, minha opinião era que Missy seria a última pessoa no mundo a ter o direito de falar essas coisas. — Elas eram minhas amigas.

— Mas que amigas! — zombou Missy. — Então vai ver que é por isso que você nunca foi com a minha cara, não é mesmo? Porque eu não sou uma sociopata.

— Ah, sua...

— Meu Deus do Céu — interrompeu Lorna. — E por falar em voltar...

Girei o corpo num átimo, meio que na esperança de dar de cara com Noelle ou Taylor ou Kiran. Mas não. A garota que vinha na nossa direção tinha as feições angulosas, a pele branca como leite e um cabelo muito comprido, impecavelmente liso, preto e brilhante. Os olhos cor de carvão nos examinaram ao passar como se ela investigasse seres de alguma espécie desconhecida e pouco atraente. A frieza do olhar foi tanta que eu quase estremeci debaixo do sol escaldante de fim de verão. Não havia meio de aquela garota ter passado pela Easton no ano anterior. Eu certamente me lembraria dela.

— Oi, Ivy — cumprimentou Diana num tom alegre. — Como você tem...

A frase ficou suspensa no ar, porque em um segundo a aparição já estava longe demais para ouvir qualquer coisa, passando por nós como se nada daquilo fosse com ela.

— Vaca — soltou Missy à meia-voz.

— Piranha — completou Lorna.

Continuei com os olhos pregados na garota até ela desaparecer pela porta dos fundos do Pemberly. Já estava completamente esquecida da briga com Missy, a Sra. Narinas. As coisas haviam acabado de ficar interessantes.

ATÉ O ÚLTIMO CENTÍMETRO

— O nome dela é Ivy Slade — falou Josh, entrelaçando os dedos nos meus. — Ela estudava aqui antes, só que não deu as caras no ano passado. E agora está de volta. Era colega de quarto de Taylor Bell.

Muito bem. Agora eu estava *definitivamente* intrigada.

— E como exatamente você ficou sabendo de tudo isso? — indaguei. Josh, afinal, só tinha entrado na Easton havia um ano. Do mesmo jeito que eu. Durante a conversa, eu estava tentando inserir a combinação do cadeado da caixa de correio com a mão esquerda, enquanto a direita continuava presa na dele. Sem muito sucesso.

— Gage é fofoqueiro feito uma garota — explicou Josh. E puxou minha mão para cima e beijou as pontas dos dedos, uma por uma. — Ele também contou que tinha um lance com Ivy. Tipo coisa séria mesmo.

— Aquela garota e Gage — falei, descrente. — Eu não veria Gage como candidato a um namoro sério com ninguém.

— Eu disse namoro? Quis dizer sexo. O lance sério deles era só sexual — esclareceu Josh. — Com direito a transas pelo campus inteiro. Ou pelo menos é isso que o cara conta.

Estremeci. Isso explicava o "piranha" soltado por Lorna.

— OK, isso é excesso de informação. Vamos adiante.

Eu não precisava saber os detalhes da turnê sexual de Gage e Ivy pelas dependências da Easton, mas arquivei a informação sobre ela ter dividido o quarto com Taylor para referências futuras. Talvez as duas tivessem ficado amigas. Talvez continuassem próximas. Talvez essa tal Ivy até soubesse do paradeiro atual de Taylor. Depois de tudo que havíamos enfrentado juntas, eu andava curiosa para saber o que as Meninas do Billings estavam fazendo da vida. Mesmo diante da constatação evidente — em vista do silêncio completo — de que o interesse delas por mim era zero.

— Está bem. — Josh soltou minha mão direita, pegou a esquerda e começou a beijar os dedos dela também.

— O que você está fazendo? — perguntei, rindo.

— Fiz um plano de beijar todas as partes do seu corpo antes do final da primeira semana de aula — explicou Josh, sem rodeios.

— *Todas* as partes? — repeti, sentindo o rubor subir pelo pescoço. O Josh que eu conhecia normalmente não seria tão direto.

Ele deu um sorriso brincalhão.

— Bem, todas as que você me deixar beijar.

— Ah. — Esse era mais o estilo de Josh. Eu me inclinei na direção dele e deixei nossos lábios se roçarem.

— Vocês vão render meu primeiro flagra do ano! — berrou uma voz.

Nós nos afastamos num salto. Tiffany Goulbourne chegou correndo, a câmera permanentemente a postos numa das mãos, o rosto sorridente.

— Você fotografou a gente? — perguntei.

— Claro. E a foto ficou daquelas para mostrar aos netinhos no futuro. — Ela salpicou na direção do meu rosto e do rosto de Josh os beijinhos no ar que usava para cumprimentar todo mundo, depois se afastou para me examinar dos pés à cabeça. — Reed, minha amiga, você conseguiu ficar ainda *mais* fotogênica nestas férias. Veja só esse cabelo! Essa pele!

— Olha quem fala — retruquei.

Tiffany era uma moradora do Billings com quem eu havia estreitado contato no segundo semestre do ano anterior, depois que toda a loucura acabou. Alta e esguia, era dona de uma pele cor de ébano e usava os cabelos muito curtos. Teria feito sucesso como modelo, sem dúvida, mas preferia ficar atrás da câmera. O tempo todo. A garota não fazia nada nem ia a lugar algum sem estar com seu equipamento, fosse ele representado por uma 35mm à moda antiga ou uma digital minúscula. Ninguém no campus jamais estava a salvo do seu olhar astuto. Era como se fosse nosso paparazzo de plantão. Com a diferença que todos a adoravam.

— Ah, pare com isso — falou ela, corando. — Você precisa posar para mim este ano. Tem de posar.

— Tudo bem, vou pensar no seu caso — retruquei, achando engraçado.

Tiff havia passado a metade do último semestre tentando convencer todo mundo que conhecia a posar sob variados tipos de iluminação para as fotos do seu projeto final de artes. Por mais que seu jeito alto-astral me agradasse, na época eu estava sentindo que já passara tempo demais sob os holofotes, e acabei me vendo na situação de ter de arrumar esconderijos variados pelo alojamento para evitar cruzar com ela. Cheyenne, obviamente, foi a estrela do ensaio no final. E esse ensaio rendeu uma inevitável nota A para Tiffany.

— Ah, lá vêm London e Vienna! Vai ser a primeira foto do ano das Cidades Gêmeas! — E, com essas palavras, lá se foi Tiffany abrindo caminho entre as hordas de calouros que destrancavam pela primeira vez suas caixas de correio, a câmera já a postos para clicar London Simmons e Vienna Clark, as curvilíneas Cidades Gêmeas, em toda a sua glória bronzeada pós-verão.

— Bem, vamos ver o que tem pra você aí — falou Josh, acenando na direção da minha caixa de correio.

Abri depressa a portinhola e puxei ali de dentro a folha de papel azul dobrada ao meio. Pelo que já vira das outras pessoas se lamuriando depois de lerem o conteúdo de folhas iguais, tive certeza de que era uma das sorteadas. O bilhete curto, escrito à máquina, dizia:

Parabéns, Srta. Brennan. Você foi escolhida para participar do Programa de Tutoria da Academia Easton. Sua pupila é:

Sabine DuLac, 3º ano (transferida); Moradia: Alojamento Billings

Em caso de dúvida, favor entrar em contato com a Sra. Naylor, orientadora-chefe.

— Isso não pode estar certo — falei.
— Por quê? Você não se acha confiável o bastante para

ser incumbida de tomar conta de uma novata? — indagou Josh, enquanto eu batia a portinhola da caixa de correio.

Ele próprio não havia recebido um pupilo para cuidar, mesmo estando entre os melhores alunos do colégio. Minha aposta era que haviam decidido dar uma folga a ele, depois de todo o estresse que enfrentara ao longo do 3º ano. Para alguém cujo colega de quarto e melhor amigo fora assassinado e que havia sido preso por engano, como suspeito do crime, isso era o mínimo que poderiam ter feito. Apesar de que, pelo visto, a mesma deferência não era observada no caso da namorada da vítima. Fosse como fosse, o fato era que Cromwell tinha a mente de um homem de negócios: se "colega de quarto" representava um vínculo oficial dentro da Easton, o mesmo não podia ser dito sobre o status de namorada. O consolo era que Josh fora designado para dividir o quarto com Trey este ano. E o cara era o protótipo do jovem americano perfeito: corria pelo campus todas as manhãs, era artilheiro do time de futebol da escola e estava sendo disputado por universidades de todo o país. Um sujeito que jamais se envolveria com drogas, chegaria em casa bêbado ou daria motivos para alguém querer matá-lo.

Não que eu culpasse Thomas pelo seu triste destino, mas digamos que, depois de ter tido um ano inteiro para me distanciar do calor dos acontecimentos, eu havia aberto os olhos para o fato de que ele não era exatamente uma pessoa fácil de lidar.

— Não, é que aqui está dizendo que ela mora no Billings — comentei com Josh, erguendo o papel. — E nós ainda não fizemos a escolha das novas moradoras do alojamento. Ou, pelo menos, acho que não. A menos que as garotas tenham feito isso sem mim ou coisa parecida. — Coisa que, a julgar pela minha experiência prévia com as Meninas do Billings, não teria sido algo tão surpreendente assim.

Josh deu de ombros e pegou minha mão outra vez.

— Vai ver que eles se enganaram, só isso. — Ele beijou meu mindinho, depois meu anular, e uma onda trepidante de atração sacudiu meu corpo. Hum. Que dedo anular mais sensível.

— Você vai ter de parar com isso — falei à meia-voz. — Eu agora sou tutora. Tenho uma reputação a zelar. — Meu olhar estava pregado ao dele, sedutoramente.

— Vamos dar uma olhada nisso — disse ele, tirando o bilhete das minhas mãos. — Sabine DuLac? Parece nome de aristocrata francesa. Provavelmente não é do tipo que se deixa chocar facilmente.

E já ia se inclinando para me dar um beijo na boca quando London e Vienna, as Cidades Gêmeas em pessoa, chegaram correndo. As duas tinham bronzeados combinando, mechas nos cabelos combinando, e seus pares de megapeitos combinando transbordavam dos decotes de dois vestidos de verão muito parecidos.

— Reed! Precisamos correr! Marcaram uma reunião do alojamento para antes da primeira aula, e já estamos atrasadas. Cheyenne vai ficar uma fera.

Os períodos de aula do dia haviam sido atrasados e encurtados para que todos pudéssemos nos readaptar gradativamente à rotina escolar. Mas Cheyenne já decidira confiscar nosso tempo livre para servir a seus propósitos. Soltei um suspiro. Provavelmente era melhor sair logo dali de qualquer maneira, antes que Josh e eu começássemos a dar um showzinho completamente impróprio em plena luz do dia e diante da multidão que se acotovelava perto das caixas de correio. Algo me dizia que Cromwell não era o tipo de diretor que faria vista grossa para demonstrações públicas de afeto.

— Acho que preciso ir — falei para Josh, levantando um dos ombros.

Plantei-lhe um beijo ligeiro nos lábios, me obriguei a afastar o corpo do dele e seguir minhas companheiras de alojamento. Ele me segurou pelo pulso. Puxou meu corpo para perto e me girou, deixando minhas costas apoiadas contra as caixas de correio.

— Josh, e se algum professor...

Fui calada com um beijo, os lábios colados aos meus com uma urgência que dissolveu qualquer pensamento envolvendo o corpo docente e as potenciais ramificações que aquele momento poderia ter. Parei até mesmo de sentir a pressão das cabecinhas de metal dos parafusos da caixa de correio contra a coluna. Foi um beijo que se fez sentir por toda parte. Até o último centímetro do meu corpo.

— Pronto, agora pode ir — falou Josh, arrematando tudo com um sorriso semiatrevido.

Pisquei os olhos, sentindo as pálpebras pesadas.

— Para que lado era mesmo?

Josh riu e me girou pelos ombros na direção da porta, onde London e Vienna aguardavam com sorrisos maliciosos no rosto.

— Parece que alguém está bem feliz por ter voltado, não é mesmo? — provocou London, enquanto eu cambaleava na direção dela.

— É... — Ela não fazia ideia do quanto. — Muito.

NOVAS REGRAS

— Sejam todas bem-vindas de volta!

Cheyenne estava postada à cabeceira de uma longa mesa envernizada que ocupava todo o salão do primeiro andar do Billings, as pontas dos dedos manicurados cravadas no tampo de madeira. Todas as poltronas e sofás aconchegantes tinham desaparecido do lugar, e a TV de tela plana fora empurrada para um canto. No centro da mesa havia seis caixinhas de joias rosa-shocking empilhadas, formando uma pirâmide. Em cada uma das dez cadeiras em torno da mesa — uma em cada ponta e quatro nas laterais — mais uma caixinha cor-de-rosa, um bloco de papel branco, uma caneta de prata e um marcador de lugar. Avistei meu nome imediatamente, diante do último assento do lado direito — o mais distante possível de Cheyenne sem que precisasse me sentar de frente para ela. A inscrição, como em todos os outros cartõezinhos, era em letras cor-de-rosa.

— Procurem seus lugares! Temos muito a discutir, e o tempo é curto! — anunciou Cheyenne, com um aceno na nossa direção.

As outras garotas, que estavam conversando em rodinhas espalhadas pela sala, se dirigiram às suas cadeiras. Deslizei para a minha, e Rose Sakowitz, a esquálida e ruiva companheira de quarto de Cheyenne no ano anterior, ficou com o assento na extremidade da mesa. A garota parecia um pouquinho mais encorpada este ano. O que era uma boa notícia; antes ela corria o risco de ser carregada por qualquer vento mais forte. Mesmo assim, seu manequim não devia passar do 34. A saia amarela que estava usando era tão minúscula que serviria de faixa de cabelo para mim.

— Oi, Reed — sussurrou ela, com um sorriso e um aceno ligeiro.

— Oi — sussurrei de volta. — Que bom ver você.

— Igualmente. Como foi de férias?

— Meninas! Podemos? — cortou Cheyenne.

Ah. Então era assim que funcionaria. Desde o último bimestre do ano passado, quando tinha abraçado com força todo aquele papo de fraternidade estudantil, Cheyenne estava se achando. Ela lançara sua candidatura à presidência do grupo sem adversárias e reunira um gabinete que incluía London e Vienna como coordenadoras sociais, Rose como coordenadora para assuntos filantrópicos e Tiffany como historiadora oficial (ou, basicamente, uma montadora de álbuns de fotos e recortes com um nome mais chique). Na nova gestão, Cheyenne vinha se empenhando para que nenhum instante de tempo livre ficasse desocupado. Já tivéramos chás e festas e eventos beneficentes e excursões variadas. Sempre que não estávamos estudando, vivíamos ocupadas com programações sociais. Que eram até bem divertidas. Na maior parte do tempo. Exceto quando Cheyenne aparecia estalando o chicote. Qual é mesmo aquele ditado que diz que o poder corrompe? Ele parecia ter sido gravado na testa da garota. Às vezes, eu sentia saudades da velha Cheyenne quase-fofa do Natal passado, mas, quanto mais convivíamos, mais me convencia de que essa nova versão era a verdadeira personalidade dela. No primeiro semestre, os sorrisos haviam sido somente parte da tática para derrubar Noelle. Agora que a rival se fora, ela estava de volta ao estado normal de megera — e, muito de vez em quando, a faceta Cheyenne-Gente-Boa conseguia uma brechinha para se mostrar.

— Em primeiro lugar, sejam bem-vindas de volta à Easton — iniciou a presidente, enquanto Tiffany fotografava a ocasião. — Espero que todas tenham passado férias maravilhosas. Adoraria ouvir todos os detalhes das viagens à Europa e veraneios em Cape, mas no momento temos assuntos mais importantes a tratar. — Ela abriu um sorriso e ergueu as palmas das mãos. — E, como sei que todas estão doidas para ver o que há dentro das caixinhas, vamos a elas!

London soltou um gritinho e se jogou em cima do porta-joias como se fosse um cão faminto agarrando um bife. Eu, para falar a verdade, tinha me esquecido das tais caixas. Puxei a minha para perto e abri o fecho. Dentro havia uma pequena letra *B* cursiva cravejada de diamantes e presa a uma corrente fina de ouro. Todas as garotas à volta soltaram "ooohs" e "aaahs" enquanto prendiam as correntes aos pescoços umas das outras.

— Cheyenne! Que mimo delicioso! — trinou Vienna, ajudando London com o fecho do cordão.

— São perfeitas — acrescentou a companheira. — Agora todo mundo vai saber quem é e quem não é uma Menina do Billings.

Como se já não soubessem.

— Valeu, Chy. Você é a mais *genê*! — trinou Portia Ahronian. A correntinha de ouro foi fazer companhia às cinco ou seis outras que ela já trazia no pescoço, realçando de um jeito encantador a pele morena. Eu não fora muito próxima de Portia no ano anterior, mas havia testemunhado demonstrações de seu traquejo social e reparado no fraco da garota por joias. Ela também era do tipo fashionista e, provavelmente, tomaria o posto de Kiran como rainha das grifes do Billings, agora que a outra aparentemente havia sido expatriada. Portia tinha, além disso, o hábito irritante de encurtar as palavras. Falar com a garota era como interagir com uma mensagem de texto de carne e osso.

— Não agradeça a mim, agradeça ao Fundo do Alunato do Billings — disse Cheyenne. Reparei que ela já tinha um *B* brilhando contra a pele muito branca. E era impressão minha ou o pingente dela era ligeiramente maior que todos os outros?

— Fundo do Alunato do Billings? — perguntei.

— Muito bem, Reed. Então você não aprendeu nada mesmo no ano passado — falou Cheyenne com uma risada.

— Todas as alunas do Billings fazem uma contribuição mensal para o fundo — explicou Rose. — Foi com ele que pagamos todas as festas e excursões do ano passado.

Interessante. Eu nunca tinha ouvido falar no Fundo do Alunato. Mas, de todo modo, havia muitas coisas que eu não ficara sabendo no ano passado. Rose se ofereceu para prender o fecho do meu cordão, e me virei para que ela o fizesse. O *B* pousou fria e delicadamente no meu peito.

— Precisamos fazer uma foto de todas com seus colares! — anunciou Tiffany. — Todas juntas, meninas!

— Depois da reunião — cortou Cheyenne, brusca. As que haviam começado a se levantar voltaram a sentar. — Temos uma pauta extensa — prosseguiu ela. A presidente puxou uma pasta de plástico cor-de-rosa de dentro da bolsa Kate Spade e desenrolou o cordão que a fechava. — Normalmente, as novas residentes são escolhidas no final do ano com ajuda das veteranas que deixarão suas vagas. Mas, diante de tudo que passamos no último ano, isso não pareceu muito adequado.

Além do fato de termos recebido ordens expressas para suspender a votação, mas tudo bem se você prefere fingir que a decisão foi obra do nosso próprio senso de decoro.

— Portanto, agora se faz urgente que as vagas sejam preenchidas. Mas tenho certeza de que estaremos à altura dessa incumbência. — Ela passou maços de papel para Tiffany à direita e Vienna à esquerda. — Encontrem a folha com seu nome e passem as demais adiante — instruiu Cheyenne. — Esta é uma lista de todas as alunas matriculadas no terceiro ano da Easton. Teremos de selecionar seis garotas entre mais de cem possibilidades.

Meu olhar pousou na pirâmide de caixinhas no centro da mesa. Seis garotas. Seis outros cordões.

— Cada uma de vocês será responsável por vetar a entrada de pelo menos dez candidatas a Menina do Billings — prosseguiu Cheyenne.

— Vetar? — indaguei, quando o maço de folhas foi depositado à minha frente. Li o primeiro nome com desalento: Lorna Gross. Junto do nome e da foto infeliz tirada no segundo ano, havia uma lista de todos os seus dados pessoais: data de aniversário, endereço residencial, notas finais do ano anterior, filiações a clubes e modalidades esportivas praticadas, além de alguns parágrafos a respeito da origem familiar e da renda dos pais. Havia até um levantamento dos locais de veraneio e destinos das férias de Natal da família nos últimos dez anos. Como essas informações eram obtidas, eu não fazia ideia. Virando a página, abri um sorriso. Kiki Rosen. Na minha opinião, Kiki, por ser uma aluna que só tirava notas máximas e uma pessoa bacana, já estava aprovada. E, caramba, a família dela tinha mesmo toda essa grana?

— Primeiro, vocês devem marcar reuniões para conversar com cada uma das garotas da sua lista. Para avaliar se estão à altura do Billings. E se querem mesmo entrar — falou Cheyenne, caminhando altivamente ao redor da mesa. — A segunda missão, e a mais importante, é ficar atenta a cada movimento das candidatas. Quero que descubram como elas se comportam quando acham que ninguém está prestando atenção. São esses momentos que revelam o verdadeiro caráter de uma garota.

Minha risada quebrou o silêncio reinante. Todas as presentes se voltaram para me encarar.

— Ela não está brincando — falou Rose.

Não era possível.

— Quer dizer que vou ter de espionar essas garotas?

Os lábios de Cheyenne se retesaram como se tivessem sido molhados com sumo de limão.

— É assim que deve ser. É assim que sempre foi.

— Com uma única exceção — completou Portia, lançando um olhar arrogante para onde eu estava.

Entendido. Eu. Sempre a ovelha negra.

— Isso é passado — declarou Cheyenne, espanando o ar com a mão. — Mas não deixa de levantar uma boa questão. Tendo em vista o que aconteceu no ano passado, é de suma importância que sejam escolhidas as garotas *certas* este ano. Precisamos apagar os arranhões que a imagem do Billings sofreu. Mostrar ao mundo que aquelas garotas não são um exemplo do tipo de mulher que pretendemos ser.

Eu já podia vomitar?

— Hum, Cheyenne? E quanto a Ivy? — perguntou Rose.

Um calafrio de expectativa percorreu minha espinha.

— O que *tem* Ivy? — disparou Cheyenne.

Entendido. Obviamente não havia nenhum traço de amor ali.

— Ela estaria OK ano passado se não tivesse *pluft* — falou Portia, examinando as unhas. — Refazemos o convite?

— Não. Queremos apenas terceiranistas. A ideia é construir o futuro do alojamento, não aceitar uma recém-chegada que só ficará poucos meses conosco — respondeu Cheyenne. — Além do mais, ninguém escutou o que acabei de falar? Não creio que Ivy Slade se encaixe no perfil que procuramos.

Muitos olhares significativos foram trocados, e algumas risadinhas se fizeram ouvir. Rose, entretanto, não parecia nada contente.

— Escolheremos nossas próximas companheiras entre as alunas do terceiro ano e escolheremos com sabedoria — concluiu Cheyenne. — Cabe a nós garantir o bom futuro do Billings.

Lá fora, no vestíbulo, a porta principal se abriu. Todas se entreolharam, imaginando quem estaria faltando na reunião. O barulho foi de uma multidão passando pela entrada do alojamento. Segundos depois, surgiu a figura do diretor Cromwell, preenchendo quase inteiramente o vão da porta do salão. Ele baixou os olhos para a mesa com um desagrado evidente.

— Senhoritas.

— Diretor! Olá — cumprimentou Cheyenne, hesitante.

Ele afastou o corpo ligeiramente para o lado.

— Podem entrar. Não fiquem tímidas — falou por cima do ombro.

O salão aguardou num silêncio chocado enquanto a fileira de seis meninas se postava diante das cortinas de renda da janela frontal. Lorna Gross, Missy Thurber, Constance Talbot, Kiki Rose, Astrid Chou — que, até onde eu sabia, era uma amiga de Cheyenne da Escola Barton — e mais a novata que víramos na capela. A Srta. Beldade da Ilha, como Lorna havia a chamado.

— Moças, quero apresentar suas novas companheiras de alojamento — disse o diretor, com um aceno seco de cabeça.

— O quê?! — soltou Cheyenne. Ou guinchou, para ser mais exata.

O diretor reagiu, lançando-lhe um olhar de desdém.

— Estas garotas estão entre a nata das turmas de 3° ano. Foram selecionadas pelo conselho diretivo e receberam a honra de residir no Alojamento Billings.

Tiffany fotografou as novatas. Todas as outras garotas à minha volta pareciam chocadas. Aquilo só podia ser brincadeira. Não era possível que eles decidissem assim quem ficaria no Billings. Não era desse jeito que o processo acontecia. Mas então reparei na expressão do rosto de Constance Talbot. Parecia uma garotinha de 5 anos acabando de entrar na Fábrica de Chocolates do Willy Wonka. Isso suavizou o golpe. Pelo menos até o ponto de conseguir me arrancar um sorriso.

— Diretor Cromwell... — A voz de Cheyenne soava fraca enquanto ela procurava se recompor. Com as mãos agarradas às costas da cadeira de Tiffany, a garota encarou o diretor.

— Lamento, mas as mulheres do Alojamento Billings sempre foram incumbidas de escolher suas companheiras. Esse é um dos privilégios de residir aqui. É assim que tem acontecido nos últimos oitenta anos.

O olhar que o sujeito direcionou a ela carregava um desprezo apenas levemente disfarçado.

— Srta. Martin, certo?

— Sim, senhor. — Constatar que sua reputação a precedia obviamente era algo que deixava a garota satisfeita.

— O diretor interino Marcus me contou tudo a seu respeito — disse Cromwell —, inclusive sobre o pequeno trato que fez com ele para conseguir o passe livre de saída do campus durante a época de Natal para a senhorita e suas amigas.

O sorriso de Cheyenne falhou de leve.

— E, bem, quero que uma coisa fique bem clara desde já — prosseguiu ele. — *Eu* não faço tratos de qualquer espécie com alunos. De mim, vocês ouvirão como as coisas serão feitas e terão apenas de responder: "Sim, senhor. Obrigada, senhor. Tenha um bom dia, senhor."

Todas as garotas presentes estavam congeladas nos seus lugares.

— De hoje em diante, este alojamento não será mais administrado como se fosse uma casa de fraternidade estudantil — acrescentou o diretor, torcendo o nariz. Estendendo o braço por cima do ombro de Rose, ele pegou o marcador com seu nome e lhe lançou um olhar ligeiro antes de atirá-lo de volta à mesa com aversão evidente. London puxou o cartãozinho com seu nome para junto do corpo, como se quisesse escondê-lo. — Estou sabendo sobre seus rituais e iniciações. Eles não vão mais existir a partir de já. Isto aqui é um dormitório. Um local de habitação. E apenas isso.

Uma flecha de dor varou meu peito, e eu sabia que as outras deviam estar sentindo o golpe da degradação ainda com mais força. Morar no Billings tinha um significado. Era uma coisa importante para todas nós. E o diretor havia simplesmente arrancado essa coisa e ainda arrumado um jeito de nos insultar no processo.

— Tem algo a dizer, Srta. Martin? — indagou Cromwell, erguendo o queixo.

— Eu...

— "Sim, senhor...." — começou ele.

Uau. Isso, sim, era humilhação. Humilhação do tipo peito-escapando-do-biquíni-no-meio-da-praia-lotada. Cheyenne pigarreou e baixou os olhos.

— Sim, senhor. Obrigada, senhor. Tenha um bom-dia, senhor.

Pelo menos ela conseguiu imprimir um pouco de sarcasmo ao último "senhor". Isso já era alguma coisa.

— Agora vou deixá-las para que possam se conhecer melhor — concluiu o diretor. E, girando sobre os calcanhares, saiu do salão a passos largos.

Durante um longo instante, ninguém se mexeu. A ira que irradiava de Cheyenne poderia ter ateado fogo ao lugar.

— Esse camarada está precisando transar — brincou Astrid, o sotaque britânico deixando a piada mais engraçada. Todas soltaram risos nervosos. Todas menos Cheyenne.

— Eles não podem fazer isso conosco — falou ela, a voz cortante como gelo.

— Pelo visto, já fizeram — observou Tiffany.

— Não. Este é meu último ano. Não podem mudar tudo justo agora — despejou Cheyenne. — Não podem fazer isso. Passei toda a minha carreira na Easton esperando este momento. Eles não podem largar essa gente aleatória aqui e esperar que fique por isso mesmo!

— Cheyenne — repreendeu Rose, levantando da cadeira. Ela lançou um olhar de desculpas para o sexteto junto à janela e puxou a outra pelo pulso para um canto, cochichando algo. Vienna e London logo se juntaram à rodinha.

Corri os olhos pelas outras garotas à mesa, que pareciam tão espantadas e inseguras com a situação quanto eu. Mas esse era um sentimento que certamente não chegava nem aos pés do que Constance Talbot e as outras cinco deviam estar experimentando. Eu não podia deixá-las paradas ali, totalmente deslocadas. Levantei de onde estava e dei um abraço meio sem jeito em Constance.

— Parabéns! — falei. Não consegui imaginar outra coisa a dizer. Algumas outras Meninas do Billings aproveitaram minha deixa e se levantaram para falar com as recém-chegadas. Pouco a pouco, o burburinho das conversas encheu a sala, abafando a conferência entre Cheyenne e suas assessoras.

— Qual é o problema de Cheyenne? — sussurrou Constance. — Ela não quer mesmo a gente aqui?

— Ela quer a votação como sempre aconteceu — expliquei. — Quer o poder de decidir quem vai morar aqui. Mas o que ela pode fazer? O diretor parecia estar falando bem sério, não é? E, se ele disse que vocês vão morar aqui, é porque vocês vão morar aqui.

— Não estou nem acreditando. Eu no Billings! — exclamou Constance, de olhos arregalados.

— E espere só para ver o que tem naquelas caixinhas — falei, lançando um olhar para a mesa.

Constance correu os olhos para os porta-joias abertos espalhados por toda parte e depois vasculhou a sala com o olhar, praticamente babando ao reparar nos *B*s cravejados de diamantes em todos os pescoços.

— Ai, meu Deus! Eu vou ganhar um também? — indagou, estendendo a mão para o meu pingente.

Encolhi os ombros.

— Se não me engano, toda Menina do Billings recebe um. Portanto...

Constance soltou um gritinho discreto, e eu me dirigi a Astrid, que havia conhecido na festa de Natal de Cheyenne no ano anterior. Sempre original quando o assunto era moda, a garota usava um vestido tomara que caia com estampa de selos postais, rasteirinhas amarelas e uma flor enfeitando o cabelo curto e crespo.

— Reed! Que bom ver um rosto conhecido — cumprimentou ela.

— É mesmo! Mas o que você está fazendo aqui? O que aconteceu na Barton?

— Fui pega fumando atrás do ginásio de esportes vezes demais, se é que você me entende. — Os olhos castanhos ganharam um brilho travesso. — Mas não tem importância. Eu sempre quis vir para cá mesmo.

Apresentei-a a Kiki e a Constance, depois me virei para a garota novata: quieta num canto, ela mantinha as mãos nas costas e observava tudo com timidez.

— Sabine, não é? — perguntei.

Seu rosto se iluminou, ficando ainda mais lindo, se é que isso era possível.

— Isso mesmo. Como você sabe?

Seu inglês tinha um leve sotaque estrangeiro. Francês, como Josh havia previsto. Puxei o bilhete azul do bolso traseiro e o estendi na direção dela.

— Sou Reed. E parece que fui escolhida para lhe mostrar tudo por aqui.

— Ah, *merci*. Que prazer conhecer você — falou Sabine, levando a mão ao peito. — Este lugar tem uma atmosfera meio intimidadora, não tem?

Dei um sorriso.

— Só um pouquinho.

— Não! De jeito algum! — A voz de Cheyenne se fez ouvir do outro lado do salão. — Isto é inaceitável! — Ela se virou para as seis recém-chegadas. — Vocês! Sentadas! — ordenou, o dedo apontando para a mesa. — E as outras, já para meu quarto!

Ela tomou as seis caixinhas cor-de-rosa ainda fechadas nos braços, como se estivesse com medo de que fossem roubadas pelas novatas, e saiu do salão pisando fundo com as demais Meninas do Billings no seu encalço. Olhei para Sabine e para as outras como quem pede desculpas e soltei um suspiro.

— Bem, talvez seja mais que só um pouquinho.

PENSAMENTO CRIATIVO

— Eles não têm o direito de fazer isso! Onde estavam com a cabeça? — despejava Cheyenne, furiosa, andando de um lado para o outro do quarto enorme que ocupava sozinha. Ela ficara outra vez com o antigo quarto de Ariana e Noelle depois da virada do ano escolar, mas dera um jeito de não precisar dividi-lo com ninguém. Ainda era meio estranho estar nesse ambiente sem a bagunça absurda de Noelle de um dos lados e a precisão TOC de Ariana do outro, mas Cheyenne havia feito todo o possível para se apropriar do local. Pusera uma cama de casal perto da grande janela, e havia ainda duas cômodas, uma escrivaninha enorme, uma penteadeira toda de madeira trabalhada e uma área de estar. Isso além de espaço suficiente para as dez residentes do Billings se instalarem todas ao mesmo tempo. Tudo ao redor era branco, cor-de-rosa ou verde-musgo: a colcha da cama, o estofamento das cadeiras, as almofadas, as flores frescas arrumadas no parapeito da janela. Era como se a garota vivesse dentro de um jardim inglês. — Quero dizer, Lorna Gross? A mim, pouco importa que ela tenha ido de jatinho particular até a Suíça fazer plástica no nariz. A garota continua sendo a mesma Lorna Gross!

— E vocês viram os sapatos daquela outra? — falou Portia, os olhos quase vesgos para investigar um cacho dos próprios cabelos em busca de pontas duplas. — Totalmente errados!

Olhei para Tiffany, confusa. De que outra garota ela estava falando? A reação de Tiff foi dar de ombros.

— Bem, pelo menos Astrid entrou — falei, na tentativa de encontrar algo capaz de aplacar Cheyenne. — Vocês duas não são, tipo, grandes amigas?

Ela me lançou um olhar fuzilante.

— Nós nos *conhecemos* — corrigiu. — E isso não tem absolutamente nada a ver com a questão.

— Mas ela tem razão. Alunas transferidas nunca entram para o Billings — opinou Rose, empoleirada em uma das cadeiras estofadas da amiga. — Talvez tenha sido uma concessão que o conselho fez a você.

— Você está brincando? Como é possível que só eu esteja indignada aqui? Isso é uma afronta a todas nós! — vociferou Cheyenne. — Eles não fazem ideia do que uma garota precisa ter para estar no Billings. Não podem sair escolhendo qualquer uma! Cada aluna aqui presente foi cuidadosamente selecionada por mulheres que viveram neste alojamento, que conheciam na pele quais eram os critérios. O conselho diretivo não faz ideia de quais sejam eles. Muito menos o diretor Cromwell.

— É, mas Kiki e Constance são boas apostas. Kiki conquistou as Honrarias Supremas duas vezes do ano passado para cá, e Constance ficou com o posto de editora-chefe do *Chronicle* mesmo sendo apenas uma terceiranista — ponderei. — E, por mais que eu também não seja muito fã de Lorna e Missy, bem, Missy tem o Billings no histórico familiar. Isso não seria suficiente para garantir uma vaga de qualquer maneira?

— A garota levantou um ponto relevante — concordou Tiffany, brincando com a câmera.

— Isso não modifica o fato de que o DC do Mal nos privou de direitos que são nossos — contrapôs Portia. Os penduricalhos das suas pulseiras tilintaram quando cruzou os braços. — O sujeito foi aluno. Conhece o protocolo.

— Exatamente — anuiu Cheyenne, os olhos se iluminando agora que alguém finalmente passara para o seu lado.

Surreal. De algum jeito, eu ainda me chocava com a dimensão que um ego Billings podia ter.

— É, e desse jeito a gente não vai poder espionar as candidatas! — reclamou London, fazendo beicinho. — Eu estava animadíssima com essa parte. Já tinha até comprado um par de binóculos — disse, puxando o elegante instrumento prateado de dentro da bolsa Prada de couro.

— Estão vendo? — falou Cheyenne, erguendo a mão como se essa fosse a mais abominável das afrontas. — London nem vai ter a chance de usar o binóculo.

— Bem, na verdade, ela já fez um testezinho com o prédio do Ketlar hoje cedo — gracejou Vienna, incitando uma rodada de risadinhas gerais. Ela e London bateram as palmas das mãos, as unhas francesinhas idênticas se encontrando num clique, com um ar muito satisfeito. Só torci silenciosamente para que o quarto de Josh não ficasse de frente para o da dupla.

— Olhem, na minha opinião, isso só quer dizer que não vamos precisar fazer esse trabalho — opinei. — Porque eles já fizeram no nosso lugar.

A verdade era que eu não estava gostando de ter sido privada do meu direito de escolha tanto quanto todas as outras. Mas tinha uma sensação de que minhas irmãs de alojamento — com seus critérios indefiníveis de escolha — teriam acabado vetando Constance de alguma maneira, e eu não queria ver a garota arrasada. Não gostava nem de imaginar a decepção de ser convidada para o Billings e, no mesmo dia, sumariamente expulsa do alojamento. Então, tudo que eu desejava no momento era conseguir que a determinação da direção fosse aceita e que nós seguíssemos adiante com o ano escolar.

Os olhos de Cheyenne cintilaram.

— Preguiça não é desculpa para abrir mão de tudo que o nome do Billings significa, Reed — disparou ela. — Não que eu espere que você consiga entender isso — completou, à meia-voz.

Meu rosto corou na hora.

— O que você disse?

— Eu? Ah, não foi nada — respondeu ela, abrindo um sorriso inocente.

Por mais irritada que eu estivesse, entrar numa briga de foice com Cheyenne só me desviaria da questão em pauta. Resolvi ignorar a alfinetada.

— Também não pretendo abrir mão de tudo que o nome do Billings significa, mas o que podemos fazer? Meu voto é que a gente entregue os cordões para as garotas e toque o ano adiante.

O burburinho geral de anuência me deixou mais confiante.

— Nã, não. Nada disso. Elas não podem simplesmente *ganhar* os cordões — insistiu Cheyenne, cortando as demais.

— Não temos como saber se essas garotas estão à altura do Billings.

— Mas agora é tarde demais — disse Rose, encolhendo os ombros. — Elas já estão de mudança. Vão ter de se mostrar à altura.

Era exatamente o que eu pensava. Por que não tinha conseguido dizer isso antes?

Os olhos azuis de Cheyenne se estreitaram.

— Não necessariamente.

Meu Deus. Eu não estava gostando do rumo das coisas. Um calafrio muito conhecido de nervosismo desceu pela minha espinha.

— Uau, no que você está pensando? — perguntou Vienna.

Ela, pelo jeito, gostava e muito daquele rumo das coisas.

— Estou pensando que ainda podemos testá-las. Só porque estão morando sob nosso teto, isso não quer dizer que não possam ser vetadas — respondeu Cheyenne. — Nós lhes daremos uma tarefa para cumprir. As que conseguirem estarão dentro, mas as que não conseguirem...

Algumas das garotas trocaram olhares conspiratórios. Eu, porém, não estava entendendo nada.

— As que não conseguirem, o quê? — perguntei.

— Bem, cuidaremos delas quando chegar o momento certo — disse Cheyenne, aproximando-se para me dar uns tapinhas no ombro como se eu fosse uma menina pequena.

— Não entendi — falei, tentando protelar a revelação de qualquer que fosse a atrocidade que aquelas garotas tivessem em mente. — O diretor já anunciou que elas vão morar aqui. Não há nada que possamos fazer.

— Ah, sempre há alguma coisa que podemos fazer, Reed — disse Cheyenne, com um sorriso angelical. — É só usarmos nosso pensamento criativo.

PRECISANDO

Quando entrei no meu quarto depois da rápida e irritante reunião, Sabine estava fechando a mala vazia para acomodá-la debaixo da cama. Seus lençóis eram brancos e simples, e o armário estava apenas parcialmente preenchido com roupas leves e de aspecto exótico, todas em cores fortes. Pares de sandálias rasteiras estavam alinhados no chão junto a um único par de tênis. Na mesinha de cabeceira, havia três velas e dois retratos. Uma fotografia dela e duas amigas em trajes de banho dentro de um porta-retratos simples de bambu e uma imagem maior de Sabine trajando um uniforme escolar, abraçada a uma mulher que só podia ser sua mãe. O porta-retratos era de prata.

— Só isso? — perguntei.

Ela pegou uma pequena pilha de livros de capa dura de cima da cama e os colocou na escrivaninha, ao lado de um laptop Apple prateado.

— Isso é tudo.

— Nossa! E eu me achava minimalista.

Atravessei o quarto até minha cama e sentei de frente para ela. Sabine lançou um olhar para suas coisas e encolheu os ombros esbeltos.

— Eu usava uniforme na escola antiga, então não precisava de muita roupa. Imagino que os suéteres e roupas de inverno ocupem mais espaço, mas não tenho nada disso ainda. Você sabe onde posso comprar um bom casaco por aqui?

— Não sou a pessoa mais indicada para responder isso — expliquei, com um sorriso. — Melhor procurar Portia ou Cheyenne. Se seguir meus conselhos de moda, vai acabar com um *look* megadesatualizado, meu bem — gracejei, fazendo uma voz esnobe.

— Cheyenne? A garota do ataque de fúria? — Sabine estremeceu. — Acho que não, obrigada.

Dei um sorriso.

— Mas então, de onde você vem, para não precisar de casacos de inverno?

— Martinica — disse ela, indo até a janela contemplar as montanhas. — Já esteve por lá?

— Acho que não — respondi, sorrindo para mim mesma. A verdade era que eu nunca havia entrado num avião, mas ela não precisava saber disso.

— É uma ilha pequena. Bem quente. Minha família mora numa casa na beira da praia, então eu cresci sem usar quase nada além do sol sobre a pele — falou ela, com um sorriso saudoso.

— Parece um paraíso. E por que veio para cá?

— Eu sempre quis saber como era morar nos Estados Unidos — disse Sabine, sem afetação.

Bem. A Academia Easton não lhe daria exatamente uma amostra da vida americana normal.

— Mas está sendo estranho, de qualquer maneira. A sensação de estar aqui — falou ela num suspiro, os olhos perdidos na janela.

— Estranho como? — perguntei.

Tirando o óbvio, claro.

— Eu estava muito animada com a ideia de vir. A vida lá em casa pode ser... complicada — confessou ela, com um sorrisinho que era quase um pedido de desculpas. — Estava ansiosa para partir. Mas agora que estou aqui...

— Você sente saudades de casa — completei.

— *Exactement* — concordou ela.

Eu me lembrava bem da sensação. Ano passado, perdera a conta das vezes em que havia me sentado no quarto do Bradwell sem entender o porquê daquela saudade, ainda mais sabendo que meu irmão também tinha ido estudar fora e minha mãe passava o dia na cama, catatônica. E mesmo assim eu estava ali, a garota que vivia chorosa pelos cantos. Mas essa fase passou depressa, com o empurrãozinho extra dos trotes, da confusão e do medo acachapante que logo tomaram conta dos meus dias.

— Você se acostuma — falei.

— Sério? — O olhar que ela me lançou era de pura esperança e me deu um aperto no peito. A garota estava precisando de uma amiga. Talvez a tal tutoria inventada por Cromwell fosse uma boa ideia, afinal.

— Garanto que sim — reforcei.

— Ótimo. Então vou encarar isto tudo como uma aventura — disse Sabine, com a voz firme. — Porque isto aqui me parece mesmo um outro mundo, de qualquer maneira. Com todas essas fachadas de pedras e tijolos, essas montanhas e árvores. E a cerimônia de hoje de manhã? Parecia tirada de um livro. — Os olhos dela cintilavam de empolgação.

— É, é bem legal mesmo — falei, me lembrando da onda quente de empolgação que havia tomado conta de mim na primeira vez em que estivera em uma solenidade na capela. Da sensação de fazer parte de algo maior. Da semente de expectativa otimista que ela plantou dentro de mim. Só me restava torcer para que Sabine tivesse um primeiro semestre na escola melhor que o meu.

Mas, pensando bem, o que mais poderia acontecer de ruim?

Meu computador emitiu um bipe, e eu me levantei para checar a caixa de e-mails.

— Desculpe.

— Tudo bem — disse ela, suavemente.

Pisquei quando vi o remetente: DaMcCafferty@yale.edu.

Dash? Dash McCafferty estava me mandando um e-mail? Senti uma onda estranha de excitação tomar conta do meu peito e tive de me forçar a segurar a onda. Cliquei para abrir a mensagem.

Oi, Reed

Estou escrevendo para saber como vão as coisas na Easton. Yale é bem do jeito que eu esperava. Muita gente está tendo uma adaptação difícil, mas, pelo que me lembro, a Easton podia ser muito pior. Mesmo meu colega de quarto sendo um idiota, acho que depois de dividir o quarto com Gage, vou tirar tudo de letra. Conte as novidades quando puder.

— Dash

— Ei, tem alguém ficando vermelha — falou Sabine, se aproximando. — De quem era a mensagem?

Eu não estava ficando vermelha coisa alguma. Não tinha motivos para ficar. Só porque Dash e eu tivéramos aquele episódio esquisito de quase-alguma-coisa no verão...

— É só um amigo — respondi. — Que se formou aqui no ano passado.

— Oh? *Un petit ami?* — provocou ela.

Mas que droga! Será que eu dera tanta bandeira assim? Talvez tenha ficado um pouco empolgada, claro, mas havia sido só pela surpresa de ver que Dash queria manter contato comigo. Só isso.

— Não, não. Era namorado de uma amiga — falei.

Era? É? Eu não fazia ideia. Dash fora para Vineyard com a família para um casamento em agosto, Natasha e eu e havíamos saído com ele alguns dias. Só que, durante o tempo que passamos juntos, ele não tocou no nome de Noelle nem uma vez. E, diante disso, Natasha e eu fizemos o mesmo. Estávamos loucas de curiosidade para descobrir o que ele ficara sabendo da confusão toda, mas nos pareceu uma certa crueldade trazer o assunto à tona. Como é que o cara devia estar lidando com a ideia de que a própria namorada tivera participação — ainda que acidental — na morte do seu melhor amigo?

E aí aconteceu o tal episódio. Depois do casamento, Dash apareceu no Old Fisherman — o restaurante onde passei o verão trabalhando — ligeiramente tocado pela bebida, com o cabelo louro remexido pelo vento, ainda vestindo o smoking, mas com a gravata afrouxada de um jeito charmoso. Eu estava sozinha, terminando de arrumar as mesas da varanda, e ele deu uma ajuda para empilhar as cadeiras e empurrar tudo contra a parede para proteger os móveis do vento — coisa que eu fazia todo fim de turno. Depois ele ficou me falando dos convidados esnobes do casamento, e acabamos passando uma hora ali fora, rindo e conversando diante do mar.

— Você precisava estar lá — falou ele, os braços musculosos apoiados no parapeito. — Teria sido muito mais divertido.

Meu coração palpitou de surpresa com a maneira como ele me olhou nessa hora.

— Imagino. Deve ter sido uma fauna e tanto para observar — retruquei, tentando desfazer o clima.

— Não acredito que daqui a algumas semanas vou estar em Yale.

— Pois é. A faculdade. Soa tão sério — comentei.

— Não, não é isso. Eu só... Só queria poder voltar para a Easton um pouco. Reviver o último ano outra vez. Tem muita coisa que gostaria de fazer diferente — falou ele, com aquela franqueza típica.

— Tipo o quê?

— Tipo... — Ele me lançou um olhar penetrante, e eu congelei. Mesmo sabendo o que estava passando pela cabeça do cara, mesmo tendo falado com Josh na Alemanha apenas duas horas antes, não mexi um músculo. Era Dash McCafferty, afinal. Um garoto quase enlouquecedoramente maravilhoso. E, juro, quando ele inclinou a cabeça na minha direção, houve um momento de insanidade em que pensei em retribuir o beijo.

Mas aí me lembrei de que tinha uma coisa chamada consciência. E recuei. Pigarreei e agi como se nada tivesse acontecido, e ele fez a mesma coisa. No dia seguinte, eu já estava praticamente certa de que havia imaginado a coisa toda. Ou que, se não havia imaginado, ele tinha ficado mais bêbado do que pensara e agira sem saber o que estava fazendo. Que, em algum lugar da sua mente enevoada pelo álcool, ele havia achado que eu era Noelle. Tudo bem que ela era uma-garota-incrível-tipo-editorial-da-*Vogue*, e eu era só eu, mas nós duas temos cabelos castanhos, alturas parecidas e os músculos torneados pelo esporte. Era uma possibilidade. Qualquer que tenha sido o caso, não vi nem tive mais notícias de Dash até esse e-mail chegar, mesmo sabendo que a família dele ainda tinha passado mais alguns dias na ilha em agosto.

— Ah. Então diga a ele que sua nova companheira de quarto está mandando um "oi" — falou Sabine antes de voltar para terminar de arrumar suas coisas.

Nervosa, comecei a digitar uma resposta rápida. As lembranças da noite de verão tinham sido tão vívidas que meus dedos literalmente tremiam. Seguindo a sugestão meio despretensiosa de mandar notícias, contei a Dash sobre o novo diretor-geral, o que acontecera no Billings e o programa de tutoria. Assim que acabei de clicar em Enviar, Constance pulou para dentro do quarto. E se havia no mundo uma companhia perfeita para distrair a cabeça de qualquer assunto mais sério, essa companhia era ela.

— Ai, Reed! A vista do quarto que estou dividindo com Kiki é tão maravilhosa! — Ela já chegou tagarelando. — Não consigo acreditar que vim para o Billings! Não consigo acreditar!

— Mas por que essa animação toda? — inquiriu Sabine de trás da camiseta azul-turquesa que estava dobrando. — Este lugar tem alguma coisa de especial?

— Você não imagina o quanto! — trinou Constance. — Este é o alojamento mais exclusivo de todo o campus. E não é qualquer uma que consegue o privilégio de vir para cá.

Exceto este ano.

— Mas, então, quando vamos ganhar nossos cordões? — perguntou Constance, estendendo a mão para meu *B* de diamantes. — Você reparou que o de Cheyenne é maior que todos os outros?

Ahá, eu sabia!

— Ai, estou louca para pegar o meu!

— Calma, Constance. Lembre-se de respirar um pouco — disse eu, com um riso culpado. Mal sabia a garota que ela ainda não era exatamente uma Menina do Billings. Pelo menos não no entender de determinadas pessoas. — Com certeza você logo vai receber seu cordão.

Principalmente porque estou decidida a ajudar você e Sabine a passarem em qualquer teste idiota que Cheyenne criar.

— Meu Deus, mal posso esperar! E preciso ligar para Whit! Ele vai adorar a novidade. Ele vivia falando das minhas chances de ser escolhida, mas eu jamais acreditei, sabe? Ele diz essas coisas só por causa daquele jeito gentil, você conhece o garoto. Bem, de qualquer maneira...

Constance sacou o celular para contar a notícia a Walt Whittaker, agora um homem de Harvard. Ela deu as costas para mim e para Sabine enquanto cumprimentava Whit e começava a guinchar ao telefone. Lancei um olhar de desculpas para Sabine, mas ela só reagiu com um sorriso.

Nada de olhos revirados. Nada de críticas mordazes. Que eram as reações que Constance costumava despertar na Easton. Sabine realmente passaria por um choque cultural neste colégio.

— É — dizia Constance —, colocaram uma garota nova para dividir o quarto com Reed, por isso não ficamos juntas, mas... Não. Ela está bem aqui. Tudo bem. Claro. — E passou o telefone para Sabine. — Whit quer lhe dar as boas-vindas à Easton.

Sabine fez um ar surpreso, mas pegou o aparelho.

— Alô? Isso mesmo. Obrigada! É um prazer conhecer você também.

— Ai, ele não é um fofo? — perguntou Constance a Sabine.

Sabine assentiu com a cabeça e manteve o sorriso no rosto enquanto Whit tagarelava do outro lado. Meu coração se aqueceu observando a cena. É. Essas duas iam passar no teste de Cheyenne, nem que isso me custasse a vida. Elas eram exatamente o tipo de garota de que o Alojamento Billings estava precisando agora.

ÍNTIMOS

O dia, que começara quente, estava abrasador quando nos encaminhamos para as primeiras aulas. Sabine e eu atravessamos o pátio juntas — eu usando bermuda cáqui e camiseta, e ela com um visual composto por vestido amarelo em camadas sobre um top rosa-choque que ninguém mais na escola ousaria exibir. Fomos pelo caminho mais longo para eu mostrar os vários edifícios do campus. No meio do trajeto, ela sacou um caderninho com capa de couro azul e um lápis e começou a tomar notas.

— O que você está fazendo? — perguntei, achando graça.

Sabine ficou vermelha e escondeu o caderninho contra o peito.

— É que eu sou péssima em orientação espacial. Se eu não escrever, você vai ter de me explicar tudo outra vez amanhã.

— Entendi. Bem, esse aqui é o Edifício Hull, que chamamos de Edifício Hell — comecei, enquanto Sabine fez uma anotação ligeira. Juntei os cabelos num rabo de cavalo improvisado na tentativa de me refrescar. — É ele que abriga os escritórios dos professores, de toda a equipe administrativa e do diretor.

— Estive aí dentro mais cedo — lembrou Sabine, inclinando o lápis na direção da entrada. — O diretor nos reuniu aqui antes de nos levar até o Billings.

— Faz sentido — falei, e me voltei para a alameda que levava à biblioteca. — E aqui nós temos... Josh.

Ele e Gage estavam vindo na nossa direção, saindo da lateral do Ketlar. Josh vestia uma camiseta laranja com a inscrição NÃO SEI DO QUE VOCÊ ESTÁ FALANDO em marrom. Gage estava usando o sorriso debochado de sempre e uma camiseta tinindo de branca. Moldado com gel, o topete ganhara 1 centímetro a mais de altura. O cara devia achar que o penteado estava arrasando. Para mim, parecia alguém que tinha acabado de atravessar um túnel de vento.

— Josh? É o nome de algum edifício? — indagou Sabine, jogando as pesadas madeixas escuras para trás dos ombros. Eu sentia as gotas de suor escorrendo pelas costas. E a garota ali tão fresca quanto uma brisa de inverno. — Não, é um garoto — respondi, rindo, enquanto Josh e Gage se juntavam a nós. — E aí?

— Oi — falou Josh.

— Oi, novata — emendou Gage, com um aceno de cabeça na minha direção. — Como vai a vida no interiorzão do país? Sua cidade já recebeu essa maravilha da modernidade que chamam de rede elétrica?

Puxa, o cara não perdia tempo, não é mesmo? Pegar no meu pé sempre fora uma das distrações favoritas dele. Pura criancice.

— Cara, já não tem mais esse papo de novata — falou Josh.

— A novata sou eu! — anunciou Sabine.

Gage se virou para ela, e um sorriso de aprovação brotou no seu rosto. Um sorriso que me revirou o estômago.

— Uma *nova* novata... — disse ele, medindo-a de cima a baixo. — Gostei.

Minha vontade era vomitar ali mesmo, mas a reação de Sabine foi corar. Eca.

— Não ligue para esse cara — interveio Josh, pondo-se na frente de Gage e o afastando com as costas da mão. — A gente só anda com ele por caridade, sabe? Pra ganhar uns pontos extras em aptidão social nas fichas de seleção para a faculdade. Então você deve ser a menina que Reed vai ciceronear. Eu sou Josh.

— Sabine — respondeu ela. E, com um olhar de relance para a camiseta: — Acho que não vou lhe pedir informações sobre o campus.

— Você captou! Pensei que ninguém fosse entender a piada. Ou ato de rebeldia, sei lá. Por não terem me indicado para ser tutor de aluno algum. — E, dizendo isso, Josh inclinou o corpo para perto da orelha de Sabine. — Mas, cá entre nós, também não entendo por que Reed foi escolhida. Ela não sabe nada de nada daqui.

Sabine soltou uma risadinha e me lançou um olhar tímido. O celular de Gage começou a tocar, e ele, graças a Deus, atendeu.

— Muito bem, Hollis, acho que seu trabalho por aqui está feito — falei.

— Por favor, não a deixe muito brava! Preciso dela para não ficar completamente perdida — brincou Sabine.

— Ah, Reed não se deixa abalar por tão pouco — disse Josh, abanando a mão.

— Isso eu posso garantir! — interveio Gage, erguendo a mão livre.

— Gostei do sotaque. De onde é? — quis saber Josh.

— Martinica? — respondeu Sabine, com entonação de pergunta.

— Não acredito! Minha família sempre ia para lá nas férias de Natal! Vamos conversar melhor na hora do intervalo, de repente conhecemos alguém em comum — falou Josh.

— Claro. — Foi a resposta curta de Sabine.

— Mané, anda logo! — disse Gage, fechando o flip do telefone. — Aquela gata da nova professora de espanhol vai dar a primeira aula, e eu quero arrumar um lugar bem na frente pra mandar todo o meu charme matador pra cima dela.

— Cara, ficar a fim das professoras não tá com nada há uns cinco anos — desdenhou Josh. Mas, mesmo assim, foi atrás do amigo. — Até mais tarde, moças.

Não entendi por que ele não me beijara, mas tinha sido melhor assim. Perder o fio da meada e ficar toda derretida na frente de Sabine era algo que não estava nos meus planos.

— Sabine, escute uma coisa: é melhor manter distância de Gage — recomendei, assim que os dois tinham se afastado o suficiente.

— Por quê? — quis saber ela.

— Porque ele é muito galinha e idiota. Pode acreditar em mim. O cara não é confiável.

— Que pena. Mas o outro é gatinho — comentou Sabine, dando uma bela olhada nas costas de Josh enquanto ele corria para longe. — A escola devia dar uns exemplares desses para a gente, em vez de tutores.

Senti subir uma onda quente de ciúme, mas me obriguei a rir.

— Tá certo, mas esse aí é só pra olhar — falei, no tom de voz mais brincalhão que consegui.

— Eu sei, eu sei. Ele está com Cheyenne. Fique tranquila que eu jamais paqueraria o namorado de outra garota — disse Sabine, voltando a caminhar.

Meu cérebro levou uns bons cinco segundos para conseguir processar o que acabara de ouvir. E a sensação seguinte foi de bater com a cabeça numa parede de tijolos.

— Ele não está com Cheyenne — corrigi, acelerando o passo para alcançá-la. — Está comigo.

Sabine me encarou por um longo tempo, os olhos verdes perplexos. Depois mordeu o lábio, como se estivesse num dilema.

— É mesmo? Pensei... Não. Esqueça.

A onda quente de ciúme agora fervia e queimava meu corpo inteiro, as chamas atiçadas por uma lufada da mais completa incerteza.

— Não, esquecer não. O que foi que você pensou? — perguntei.

Sabine correu os olhos em volta, como se preferisse estar em qualquer outro lugar, menos ali. Como se buscasse algum interesse súbito pelos grupinhos de alunos que passavam por nós só para escapar de mim. E essa tática já estava me irritando.

— Sabine. O que você pensou? — insisti.

— É que... Vi os dois assim que cheguei hoje de manhã. Josh e Cheyenne. Claro que eu ainda não sabia quem eram, mas... Os dois estavam sentados lado a lado num banco, parecendo bem... íntimos. Pensei que fossem namorados.

OK, Reed. Respire. Você não vai conseguir processar as informações sem oxigênio. E muito menos socar Cheyenne. Dar socos nos outros é uma atividade aeróbica pesada.

— Tem certeza de que eram eles? Quero dizer, você não conhece ninguém direito ainda... — observei, esperançosa.

O rosto de Sabine pareceu se iluminar.

— Vai ver que não eram, então. Talvez fosse outra garota loura. Aqui certamente tem *muitas* louras.

A conclusão dela não bastou para me tranquilizar por completo. Sabine não havia livrado a barra do Josh, só o pusera numa proximidade *íntima* com outra loura qualquer. De repente, meu estômago começou a reclamar da parada no McDonald's feita a caminho do campus mais cedo. McCafé da Manhã e ataque de ciúme reprimido formavam uma combinação indigesta.

— Nossa, que possessiva! — falou Sabine, recomeçando a andar. — Se bem que entendo seu lado. Namorar um cara como ele deve ser viver o tempo todo tendo de combater ameaças em potencial.

— O que você quer dizer com isso? — disparei, na defensiva. Ela estava achando que eu não era boa o suficiente para Josh?

O queixo da garota caiu.

— Nada! Imaginei que outras garotas devem se interessar por ele, só isso. Na verdade, minha ideia era fazer um elogio.

A culpa brotou na hora, me fazendo ter vontade de estapear a mim mesma. Por que eu precisava atacar Sabine daquele jeito? Ela não tinha feito nada de errado.

— Desculpe. Acho que sou bem possessiva mesmo — falei, com um sorriso sem graça. Por dentro eu ainda era fogo e agitação, mas não despejaria isso em cima dela. Já de Cheyenne, por outro lado...

— Não, eu é que peço desculpas. Não quis chatear você — disse Sabine, pondo a mão no meu braço. — Não fazia ideia.

Pigarreei e aprumei o corpo.

— Não estou chateada — falei. — O que Josh e eu temos é namoro pra valer. Não sei quem você viu de manhã, mas com certeza não era ele.

Sabine me olhou com um ar meio espantado.

— Que coisa estranha.

— O quê?

— O olhar que você deu agora me fez lembrar da minha irmã — respondeu. — Ela faz essa mesma expressão malvada quando está falando de garotos.

— Malvada? Jura? Eu nem sabia que podia fazer cara de malvada — brinquei, tentando desanuviar meu próprio humor. Malvada, hein? Noelle ficaria orgulhosa.

— Olha, pois você com certeza sabe. Pode acreditar em mim — disse Sabine, abrindo o sorriso. — Você deve amar esse cara de verdade.

— Amo.

Amo. Mais que qualquer coisa. E por isso tiraria a limpo toda essa história de Josh conversando com Cheyenne. Antes que meu coração entrasse em combustão espontânea.

UM PEDAÇO DA EASTON

— Elas estão todas ali dentro — informou Vienna, inclinando o corpo na direção do espelho de moldura dourada do vestíbulo do Billings para checar o gloss. Com um toque da ponta do dedo ela removeu uma imperfeição invisível no lábio inferior e, em seguida, afofou os cabelos escuros. — Parecendo um bando de gatinhos assustados. Uma cena quase comovente.

— Gatinhos — sibilou Cheyenne, cheia de malícia na voz. — Eu gosto disso.

Parei para examinar mais detalhadamente a garota, que ajeitava o penteado louro já perfeitamente impecável. A blusa branca de mangas curtas bufantes fazia par com uma minissaia preta de pregas. As unhas dos pés estavam pintadas de vermelho, as das mãos, de rosa-shocking, e a pele brilhava como um anúncio da Jergens. Cada centímetro de Cheyenne havia sido meticulosamente escovado, depilado e modelado. Ainda assim, eu não conseguia imaginar Josh atraído por ela. Ele era muito anticonvencional para isso. Muito descontraído. Muito... ligado em mim.

— Todas prontas? — perguntou Cheyenne, correndo os olhos pelo grupo de Meninas do Billings reunido às suas costas.

— Só para constar, posso deixar registrado que não concordo com isso?

Cheyenne arfou, fingindo espanto, e levou a mão à boca. Seu anel de safira cintilou sob a luz do lustre que pendia do teto.

— Mas que choque! Reed não concorda!

Tentei formular uma resposta à altura, mas ela já havia revirado os olhos e marchado para dentro do salão onde as novatas aguardavam. A frustração fez meus dedos se encolherem contra as palmas das mãos.

— Ela hoje está com a corda toda — comentou Rose, chegando por trás de mim.

— E por que a gente está deixando que ela faça isso mesmo? — perguntei.

— Aí está sua resposta — observou Tiffany, quando as outras se puseram em marcha avidamente atrás de Cheyenne. Ela ergueu a câmera com teleobjetiva, ajustou o foco e fez alguns registros à queima-roupa da ocasião. — Elas adoram essa palhaçada. Somos minoria absoluta.

Inspirei fundo e baixei o queixo.

— Vamos acabar logo com isso.

Os sofás e poltronas haviam sido arrastados de volta aos lugares de sempre, e Constance, Sabine, Astrid, Missy, Lorna e Kiki estavam todas sentadas neles, formando um "U". Cheyenne se posicionou de pé diante da lareira com as outras perfiladas de ambos os lados, contra a parede. Rose, Tiff e eu deslizamos para um lugar vago perto do canto da sala, querendo ficar o mais longe possível de toda a ação.

— Senhoritas, eu as chamei aqui para desfazer qualquer dúvida que ainda paire no ar — iniciou Cheyenne, afastando o corpo da parede. — A administração do colégio pode tê-las designado para este alojamento, mas isso não significa que todas pertençam a este lugar.

Meu coração começou a bater forte. Ela precisava usar esse tom tão condescendente? Constance e Sabine trocaram olhares nervosos. Tive vontade de poder me aproximar das duas e lhes dizer que não se preocupassem. Mas isso precisaria esperar.

— Morar no Alojamento Billings sempre foi um privilégio, não um direito — continuou Cheyenne, lançando um olhar de superioridade para as novatas. — Portanto, nós, garotas que efetivamente fizeram por merecer esse privilégio, decidimos que todas vocês terão de provar que também o merecem. Nós lhes daremos uma tarefa a cumprir.

Pude notar que Constance engoliu em seco. Ela sabia a metade, se tanto, do que eu havia enfrentado até ser aceita no Billings no ano anterior. E certamente devia estar prestes a molhar as calças de medo neste exato momento.

— Todas concordamos que esta casa está precisando de uns enfeites — prosseguiu Cheyenne, entrelaçando os dedos com as mãos abaixadas na frente do corpo e correndo os olhos pelo salão impecavelmente arrumado. — E concluímos que seria bom trazer um pedaço da Easton e da história do colégio para dentro destas paredes. Será essa a missão, portanto. Encontrar alguma coisa na Easton, alguma coisa especial, que tenha história, que tenha um significado maior, e trazê-la para enfeitar nosso salão. O prazo de vocês é de 72 horas.

Todas as novatas se entreolharam, apreensivas. Mesmo Missy e Lorna, que até este momento vinham circulando de narizes empinados e com um ar de quem já se sentia dona do pedaço, acharam por bem parecer abaladas.

— Não sei se entendi. Você quer que *roubemos* alguma coisa? — indagou Sabine.

— Algum problema nisso? — retrucou Cheyenne, erguendo as sobrancelhas.

— Não. Claro que não — respondeu Astrid em nome do grupo, pousando a mão sobre a de Sabine. — Certamente todas aqui já afanaram uma coisinha ou outra, não é mesmo, meninas?

Kiki encolheu os ombros. Ninguém mais esboçou reação. Que motivo elas teriam para roubar qualquer coisa na vida? Quanto a Sabine, eu não tinha tanta certeza, mas o resto do grupo? Era cada uma mais rica que a outra.

— Ótimo. Muito bem, então, mãos à obra — concluiu Cheyenne, em tom animado. — Daqui a três dias voltaremos a nos reunir aqui mesmo para que a oferenda de cada uma à casa seja apresentada. E, meninas? Acho bom que elas valham a pena. Este é o Alojamento Billings. O que vocês trouxerem tem de estar à altura desse nome.

Os olhos dela estavam pregados em Constance nesse final de discurso. A garota se encolheu toda no assento do sofá. E então Cheyenne se retirou, seguida por Vienna, London, Portia e as outras — todas nós —, uma por uma. Tentei lançar um olhar solidário para minhas amigas quando passei, mas estavam ocupadas demais vendo suas vidas repassando em flashes diante dos seus olhos para reparar.

— Bem, isso deve bastar para separar as mulheres feitas das garotinhas — sussurrou Cheyenne, exultante, assim que voltamos ao vestíbulo.

— Que coisa mais desnecessária — falei, sacudindo a cabeça.

— Caramba, Reed, que bicho mordeu você nessas férias? — disparou ela. — Eu achava que você era uma garota legal.

— Igualmente — retruquei, cruzando os braços.

— Olhe, sei que você sente falta das suas "amiguinhas" — disse Cheyenne, exagerando no gesto de fazer aspas no ar. — Mas agora quem dá as cartas aqui sou eu. E não vou deixar a escória tomar conta desta casa.

As palavras soaram como um tapa. O que havia nas entrelinhas estava claro para quem quisesse entender. Ela considerava que Noelle e Ariana tinham deixado a escória entrar. E *eu* era a tal escória. Quis revidar o golpe, mas estava me sentindo tão ofendida que perdi a capacidade de pensar. Cheyenne aproveitou a chance para girar nos calcanhares e se afastar, altiva. O resto do grupo evitou meu olhar, e meus punhos se fecharam em duas bolas apertadas. A frustração estava me sufocando.

Duas horas depois, eu encontraria a réplica perfeita. Quando já fosse tarde demais para usá-la.

MEU

Nos serviços matinais do dia seguinte, sentei na ponta do banco da capela, folheando a agenda e já me sentindo sobrecarregada. Havia dois trabalhos a entregar e duas sessões de laboratório para a semana seguinte, além de um questionário sobre história americana para avaliar quanto havíamos guardado da matéria ensinada no ano anterior. Ora, depois das provas finais, a ideia é justamente conseguir esquecer de imediato todos os fatos e datas que enfiamos na memória e abrir espaço para informação nova. Será que os professores não sabiam disso?

Não o Sr. Barber, obviamente. Eu não sabia por que ainda me surpreendia.

— Está tudo bem? — indagou Sabine, me observando passar freneticamente as páginas para a frente e para trás.

— Claro, só preciso de um tempo para me readaptar a esta loucura — comentei.

— É muita coisa, não é? — Os olhos dela se arregalaram.

— Eu não fazia ideia. E ainda preciso pensar na tal coisa a ser roubada para o Billings — sussurrou.

— Não se preocupe. Vamos pensar em algo — falei. Minha vontade era estrangular Cheyenne por ter posto aquele ar ansioso no rosto de Sabine. Como a garota saberia o que tinha história ou não por ali? Ela só estava no campus havia um dia. Até para mim estava sendo difícil pensar em alguma coisa.

— E, agora, tenho uma notícia interessante — disse o diretor Cromwell, numa tática muito eficaz para conseguir atenção. Todas as mentes perdidas em devaneios que enchiam o recinto retomaram o foco na mesma hora. — Estamos organizando um fim de semana dos ex-alunos para breve, com direito a um jantar de gala no restaurante do Hotel Driscoll, em Easton — completou, com um sorriso orgulhoso no rosto.

Algumas pessoas à minha volta soltaram gemidos. Essa notícia não tinha nada de interessante. O Hotel Driscoll era um prédio histórico que lembrava um castelo e ficava no centro da cidade. Fora construído na mesma época da inauguração da Academia Easton, ostensivamente para hospedar pais e avós ricaços dos alunos sempre que eles comparecessem à cidade para fins de semanas abertos à família, cerimônias de formatura e afins. Nada de Hotel Ramada para essa turma. Segundo diziam, a parte interna era tão luxuosa quanto a fachada, mas eu ainda não tivera a chance de checar isso pessoalmente.

— E cada um de vocês aqui presentes será convidado a colaborar com a organização do evento de alguma maneira — prosseguiu o diretor.

— O quê? — soltou Missy. — Ele só pode estar brincando.

Um mar de lamúrias tomou conta da capela. Um dos garotos do outro lado da nave fez mímica de quem estava sendo enforcado. Quanta maturidade.

— Teremos um comitê responsável pela decoração, um pela comida e outro pelos convites. E teremos vagas também nas equipes de serviço de mesa e de recepcionistas — prosseguiu o diretor, sem se deixar abalar. — A Srta. Ling, preceptora do Bradwell, gentilmente se ofereceu para cuidar da organização das equipes. Cada um de vocês deve ir conversar com ela até o fim da semana para se inscrever em um dos comitês. Quem não fizer isso será designado para contribuir com a equipe que tiver mais necessidade de ajuda. Minha sugestão é que vocês procurem fazer suas escolhas. Aqueles que se mostrarem desinteressados correm o risco de ter de ficar ajudando os funcionários do Driscoll com a lavagem de pratos até de madrugada.

— Eu não lavo pratos — resmungou alguém perto de mim.

— Eu não *faço* coisa alguma — gracejou outra voz.

— Esse jantar deve ser visto por todos como uma oportunidade de mostrar uma imagem impecável do alunato atual aos nossos estimados ex-integrantes da Easton — prosseguiu o diretor, erguendo a voz sobre o burburinho de cochichos e reclamações. — Vamos mostrar a eles o que nosso colégio tem de melhor. Vamos mostrar que esta é uma instituição da qual eles têm todos os motivos para se orgulhar.

— E para a qual podem continuar doando dinheiro — completou Kiki, em voz baixa.

— A Srta. Ling estará no Edifício Hull entre as quatro e as cinco horas da tarde, todos os dias desta semana e da próxima, para fazer o registro dos nomes e das preferências de cada um — disse ele, concluindo o discurso. — Obrigado a todos pela atenção. Estão dispensados.

— A gente devia ficar no serviço de mesa — sugeriu Sabine assim que nos levantamos, os bancos à volta rangendo e estalando à medida que eram aliviados do peso dos alunos.

— Serviço de mesa? Por quê? — perguntei. E corri os olhos em volta procurando Josh, um gesto que tinha se tornado automático, agora que estávamos juntos de novo.

— Porque assim poderemos circular a noite toda, conhecer os ex-alunos, aproveitar para fazer contatos interessantes — explicou ela. — E vai ser divertido.

Olhei para ela, impressionada. Com certeza não havia mais ninguém nessa escola tão ávido para se candidatar ao humilde posto de garçom ou garçonete. Mas Sabine estava certa. Talvez fosse a escolha mais vantajosa para mim. Quem sabe um ex-aluno rico pudesse se impressionar com minhas habilidades com a bandeja e se oferecer para pagar minha faculdade do início ao fim.

Hum, pouco provável. Mas o fato era que eu já havia visto coisas mais estranhas que essa acontecendo neste lugar. Bem mais estranhas.

— Tudo bem, eu topo.

— Topa, é? Topa o quê? — quis saber Gage, deslizando para perto de nós com uma das mãos no bolso da calça cinza. — Posso assistir?

Sabine soltou uma risadinha e corou na hora.

— Não é nada disso que você está pensando.

— Que pena, Martinica — disse ele, dando meia-volta e recuando na direção da porta. — Esse showzinho, eu não perderia por nada.

Sabine agora estava com o rosto tão vermelho que precisou se esconder atrás dos livros. E isso não era nada bom.

— Sabine, não vá me dizer que está a fim dele — falei.

— Desculpe, não consegui evitar — respondeu ela, os olhos suplicantes. — É que ele é tão lindo.

Sei. Um lindo atraso de vida.

Dei um suspiro e revirei os olhos, deixando o assunto de lado. Era inútil usar palavras para tentar dissolver o encanto irracional da garota por um garoto que ela percebera como enigmático. Ninguém melhor que eu para saber disso. Só me restava torcer para que o verdadeiro Gage aparecesse por trás da máscara de algum jeito, antes que fosse tarde demais para Sabine.

— O que está acontecendo ali? — indagou ela, apontando com o queixo.

Perto da entrada, Cheyenne e Astrid conferenciavam afobadamente, as cabeças juntas uma da outra. Astrid afirmou alguma coisa com veemência, e Cheyenne a agarrou pelo pulso, baixando o queixo para lhe passar o que pareceu um belo sermão. Astrid libertou o braço com um safanão, mas assentiu com a cabeça de um jeito relutante. Cheyenne então correu os olhos em volta para ver se havia alguém prestando atenção. No instante em que nos avistou, ela aprumou a postura, alisou a saia e dispensou Astrid para encarar o sol do lado de fora. O olhar que a outra lançou por cima do ombro pareceu, eu poderia jurar, carregado de culpa. Meus braços se arrepiaram e não foi por causa do ar gelado no interior da capela. O que estava acontecendo entre aquelas duas?

— Oi, meninas! — cumprimentou Cheyenne num tom todo alegre. Alegre demais para o climão que havia se instalado entre nós. — Esse jantar para os ex-alunos vai ser o máximo, não vai? Estou pensando em me inscrever no comitê da comida. Minha avó tem uma receita de galeto que é fantástica!

Cheyenne sempre tivera esse lado Martha Stewart dentro de si, mas, desde o último Natal e da festa do Billings que havia organizado, ele não colocava a cabeça para fora tão descaradamente assim. O que ela estaria tramando desta vez?

— Vai ser um sucesso — respondi. — Mas, me diga, aconteceu alguma coisa com Astrid?

— Ah, não foi nada — disse Cheyenne, girando o corpo na direção do pátio. — Ela só está com saudades da Escola Barton e de Cole. Ele acabou não voltando mais da França no ano passado, você soube disso? Parece que se apaixonou durante o programa de intercâmbio e pediu transferência definitiva para o colégio de lá.

— É mesmo? Que chato — falei, sem acreditar por um segundo que a conversa entre as duas tivesse sido mesmo sobre o namorado de Astrid.

— É chato, sim, mas a notícia já chegou há meses. Está mais que na hora de a fila andar para Astrid — concluiu Cheyenne. E, dando uma olhada rápida no relógio de ouro: — Bem, vou indo. Ainda preciso dar uma passadinha na loja da escola antes da aula.

— Nossa — soltei, impressionada com a obviedade da desculpa que ela havia arrumado. Sobre o que teria sido a tal discussão com Astrid, afinal? Na pressa de sumir da nossa frente, Cheyenne deu um encontrão em Ivy Slade. O olhar que a garota lhe lançou daria para cortar dez camadas de puro aço. Cheyenne grudou os olhos no chão e tratou de sair de fininho. Ivy ainda ficou parada por uns bons segundos, fuzilando a outra pelas costas.

Tudo bem. Nenhum traço *mesmo* de amor ali.

— Uau. Cheyenne fica mesmo nervosa só de estar perto de você — comentou Sabine, me trazendo de volta das elucubrações. — Talvez fosse melhor perguntar logo o que está havendo entre ela e Josh. Sou sempre a favor de ir direto ao ponto.

Meu coração afundou. Eu tinha me esquecido completamente desse assunto. Imaginei que Cheyenne estivesse passando a Astrid instruções sobre o tal teste para as novatas do Billings ou coisa parecida. Josh e o suposto chamego entre os dois não tinham nem me passado pela cabeça. Até este momento.

— Sei. É. Pode ser — falei, sem querer me aprofundar na história.

— Vejo você na aula, então — disse Sabine, acenando com a mão antes de sair.

— Tá. Até mais.

Será que Sabine tinha razão? Era possível que Cheyenne estivesse me evitando — e quem sabe até se colocando contra mim nas questões ligadas ao Billings — por causa de um interesse em Josh?

— Achei minha garota — disse a voz do próprio no meu ouvido, o braço quente envolvendo meu corpo por trás. O ar me faltou por um momento quando virei para encará-lo. Ele deu um sorriso antes de plantar um beijo lento e demorado nos meus lábios.

Depois que me afastei, tive vontade de lhe perguntar. Simplesmente perguntar o que ele achava de Cheyenne. E se os dois tinham mesmo sentado juntinhos num banco do pátio mais cedo. Mas não estava a fim de ser esse tipo de garota. Aquela que vive cercando o namorado com interrogatórios ridículos. A que não tem segurança para saber que o cara só tem olhos para ela. Essa não era eu.

— E eu achei meu garoto — retruquei, exagerando só um pouquinho na ênfase desse *meu*.

— Você sabe que sou — falou ele, entrelaçando os dedos nos meus.

Exatamente. Eu sei. Agora só falta isso ficar bem claro para Cheyenne também.

VOCAÇÃO PARA LADRA

— O que vou fazer? — choramingou Constance, sentada no tapete de sisal no meio do meu quarto. Ela usava um casaco de capuz fofo com o logotipo de Harvard, que Whit lhe mandara de presente, e calças de malha; os cabelos ruivos estavam arrumados em duas tranças compridas. — Quero dizer, o que essas garotas estão querendo, na verdade? Sei que você não pode me contar, mas... você pode contar?

Mal consegui ouvir uma palavra do que ela dizia. Estava ocupada demais com os olhos pregados na nova mensagem de Dash, em resposta à que eu tinha enviado para ele mais cedo. Uma parte de mim tinha pensado que eu não voltaria a ter notícias dele. Que aquele primeiro e-mail fora só um bilhete curto e inócuo na intenção de reforçar que não havia mesmo acontecido nada entre a gente durante as férias. Mas ali estava ele, respondendo depressa. E de um jeito que quase era uma espécie de referência àquela noite do verão.

Esse tal Cromwell pode ser exatamente o que estava faltando na Easton. Agora deu vontade *mesmo* de poder voltar. Vai ser interessante ver o que ele deve aprontar por aí.

— Dash

Deu vontade *mesmo*. Então ele se lembrava do que havia me dito no restaurante. Portanto, também se lembrava do que quase havia feito naquela noite. Eu me perguntei se teria sido convidado para o evento dos ex-alunos. E se Dash viesse ao jantar e decidisse querer conversar sobre o quase acontecido? Só de pensar nisso meu estômago se revirou.

— Reed?

— Oi? Ah, desculpe.

Fechei o e-mail e girei a cadeira, afastando-a da escrivaninha. Concentração, Reed, tem um drama da vida real em curso aqui. Trate de esquecer um pouco as minhocas que você cria na sua cabeça.

Eu reconhecia em Constance o tipo exato de desespero que havia tomado conta de mim no ano anterior quando Noelle mandou que eu roubasse o tal gabarito do teste para Ariana no meio da noite. A sensação de estar encurralada. Enjoada. Ávida por agradar a elas e, ao mesmo tempo, me sentindo ridícula por saber que seria capaz de qualquer coisa para conseguir isso. Mas Constance, além de tudo isso, estava pálida. E parecendo fraca. Como se não tivesse comido nada o dia inteiro. O que provavelmente devia ser mesmo verdade. Enquanto no outro ano eu havia mostrado a mim mesma uma coragem que nem desconfiava ter, Constance era a imagem da ausência total de bravura. Provavelmente, andava até forçando o vômito escondida.

— Constance, elas só querem que você dê provas de sua vontade de estar aqui — falei, me sentindo a mais sábia das criaturas. Pelo menos tudo que eu havia passado agora estava servindo a um bom propósito. — Nada além disso.

Claro que, no meu caso, havia também a necessidade que Ariana sentia de me torturar. Mas não valia a pena enveredar por esses detalhes.

— Não seria mais fácil me mandarem escrever um poema ou coisa parecida? — brincou ela, puxando os joelhos para junto do queixo.

— Não vai rolar — falei.

— Bom, o que Sabine vai levar? Ela contou pra você?

— Não faço ideia — respondi, com um olhar para a cama impecavelmente arrumada da garota. Não nos víamos desde que havíamos procurado a Srta. Ling para fazer a inscrição nas equipes do jantar dos ex-alunos naquela tarde. Sabine não aparecera no refeitório depois.

Eu me levantei e fui para o chão, sentando bem na frente de Constance.

— Eu já lhe contei como fazer para entrar no Edifício Hell — falei. — Você só precisa ir lá e pegar alguma coisa da sala de algum professor.

— Mas tem de ser alguma coisa com história — respondeu Constance, puxando os joelhos para cima com mais força. — E não vou conseguir sair no meio da noite para invadir um prédio, Reed. Não vai dar. Há dois anos, o porteiro do meu edifício me flagrou bisbilhotando as encomendas dos vizinhos na mesa dele, e eu acabei vomitando em plena Park Avenue. Se for pega agora, sou capaz de morrer. De morrer mesmo.

Isso não era nada bom. O Billings nunca fora lugar para garotas de estômago fraco. Mas teria de ser. Morar ali era a coisa que Constance mais queria na vida. E isso era o que deveria bastar como pré-requisito, claro, e não um teste de sua vocação para ladra. Apertei os lábios e puxei os joelhos para junto do peito também, imitando a posição dela enquanto tentava pensar.

— Muito bem, como a gente vai conseguir um pedaço da história da Easton sem precisar invadir nenhum edifício...?

— Josh! — exclamou Constance.

— O que tem Josh? — perguntei.

E olhei de relance para o celular, como se ele ainda estivesse do outro lado da linha. Nossa costumeira ligação das 22h havia terminado poucos minutos antes. Com um nhenhenhém meloso que eu teria vergonha de repetir em voz alta.

— Josh tem a chave do cemitério artístico, não tem? — sussurrou ela, pegando minha mão. — Você acha que ele deixaria a gente pegar um quadro emprestado?

— Hm... não — falei. — Desculpe, mas não quero envolver Josh nessa história. Nos últimos anos, a vida dele já teve confusão demais. E, se ele se encrencasse por causa dessa história, eu não me perdoaria jamais.

— Está certo. — A expressão de Constance era desânimo puro. — Você tem razão.

— É, mas tem outra pessoa que pode nos ajudar. Alguém que sabe mais que nós sobre esta escola. Que já passou mais de um ano aqui.

Nós nos entreolhamos, encontrando a resposta completamente óbvia no mesmo instante:

— Whit.

Os olhos de Constance se iluminaram como dois faróis de milha.

— Por que eu não tinha pensado nisso antes?

— Ligue para ele — falei. — Whit sabe tudo sobre este lugar.

Constance ficou de pé, enxugando as mãos suadas na calça de malha, pela primeira vez no dia exibindo um ar de quase normalidade. Foi até a bolsa para sacar o celular e uma barra de Snickers. Ri por dentro vendo a garota destroçar a embalagem. Crise solucionada. Whittaker cuidaria da sua garota. Agora eu só precisava pensar em alguma coisa para Sabine.

Isso é o que eu estaria fazendo com ela neste exato momento, se tivesse alguma ideia de onde se metera.

A porta do quarto se abriu, e o rosto de Portia, coberto por uma máscara azul, apareceu.

— Tudo bem, não precisa bater na porta nem nada — falei, seca.

Ela revirou os olhos.

— Você viu Chy?

— Não aparece desde a hora do jantar — respondi.

Portia soltou um gemido e brandiu o celular.

— O telefone da garota está desligado, e ela havia ficado de me ajudar com o tratamento!

Senti um calafrio de apreensão. Não sabia no que consistia o tal tratamento e nem queria saber, mas o fato era que tanto Sabine quanto Cheyenne estavam sumidas. E, se Cheyenne estivesse aprontando alguma coisa com Sabine, ela teria de se ver comigo. Muito seriamente.

— Whit! Oi, sou eu! — trinou Constance para o celular.

— Portia, você pode nos dar licença? — pedi, nervosa.

Nós definitivamente não precisávamos que essa conversa fosse entreouvida por ela. A garota estreitou os olhos na nossa direção, notando pelo faro que havia algo estranho ali, mas soltou um suspiro.

— OK. Se Chy aparecer, estou ali.

— Entendido. — Acho.

Ela bateu a porta ao sair. Agora, só o que me restava fazer era colar os olhos no relógio e esperar Sabine.

DESISTIR DO BILLINGS

— O que você tanto olha nesse relógio? — perguntou Josh a Constance, na fila do refeitório da tarde seguinte. — Marcou um encontro secreto com alguém?

As bochechas da garota ganharam um tom rosa, e a garrafa de água mineral quase lhe caiu da mão.

— Não, é que... preciso passar no correio antes da aula, então tenho de pegar logo uma comida para viagem.

— E por que a urgência? — quis saber Josh.

— Ela está esperando uma encomenda expressa — falei.

— Reed! Shhhh! — pediu Constance, empalidecendo. Os olhos disparavam para todos os lados, como se ela estivesse com medo de algum fantasma escondido nas sombras. — A gente não pode falar disso fora do... — E, olhando para Josh, fez um som de engasgo. A garota estava levando mesmo a sério a tal história do teste para ficar no Billings.

— Constance, relaxa. Josh sabe o que está rolando — falei. E ele sabia porque eu havia contado tudo. Antes mesmo de ficarmos juntos. Antes de eu saber como algumas pessoas levavam aquilo tudo a sério.

— Espere aí. Vocês estão falando de trote? — Ele se eriçou todo, os olhos azuis faiscando. — Reed, que história é essa?

OK. O tom dessa frase foi um tantinho veemente demais. Constance se encolheu de susto e me lançou um olhar de desculpas.

— Bom, acho melhor eu comer só isso mesmo. E depressa — falou ela, saindo de cena.

— O que deu em você? — reclamei com Josh. Peguei um sanduíche e uma maçã e joguei na bandeja. Ele nunca estourava comigo. Nunca.

Mas o cara não estava parecendo muito normal hoje. Os olhos continuavam injetados como mais cedo, a pele lívida e pastosa. A camiseta cinza estava respingada de tinta azul e vermelha num dos lados, e havia tinta azul debaixo das unhas. Pelo visto, ele passara metade da noite em claro, trabalhando em alguma nova criação e depois havia cochilado nas aulas do turno da manhã.

— Foi mal, só fiquei espantado de saber que essa droga ainda acontece — respondeu ele, escolhendo três cookies e uma tigela para o cereal açucarado ainda-a-ser-escolhido do dia, item presente em quase todas as suas refeições. — Achei que isso fosse coisa...

Fazendo uma pausa, ele me lançou um olhar, como se não tivesse certeza se estava entrando ou não em território proibido. Dei um suspiro.

— De Noelle. Eu sei — falei. — Só que não, não era.

A coisa era de Cheyenne também, ao que tudo indicava. Mas pelo menos ela não havia perturbado Sabine na véspera, como eu temia que acontecesse. Minha companheira de quarto apareceu pouco antes do apagar das luzes, depois de ter ficado o tempo todo estudando na biblioteca. Parecia perfeitamente bem, fora o cansaço, e tinha sido direto para a cama antes de termos chance de conversar sobre o teste do Billings. Quanto a Cheyenne, eu não fazia ideia de por onde ela andara nem a que horas havia voltado para o quarto.

— E, se Constance quiser ser aceita no Billings, terá de entrar no jogo — expliquei. — A sorte é que ela pode contar com Walt Whittaker. A tal encomenda expressa foi enviada por ele.

— Bem, talvez ela nem devesse querer tanto assim ser aceita no Billings. — Foi a resposta amarga de Josh. Ele baixou a alavanca do porta-cereal com Fruit Loops e encheu a tigela até a borda. — Aliás, talvez vocês duas devessem cair fora daquele lugar.

— O quê? — soltei.

Ele pegou um copo para o café e posicionou a bandeja debaixo da máquina, esperando o líquido cair.

— Estou falando sério, Reed. O que vocês ganham morando naquele alojamento, afinal? — cochichou Josh, olhando em volta de um jeito meio paranoico. A única pessoa por perto era o funcionário do lugar, arrumando fatias de queijo na grelha. — Boas referências para a futura carreira? Festas bacanas? As referências vocês podem arrumar sozinhas com os professores, e, quanto às festas, eu providencio. Você não é obrigada a aturar aquela droga, sabia?

Ergui os dedos para tocar meu pingente em forma de *B*, sem conseguir captar direito o que ele estava dizendo. Toda garota queria morar no Billings. Estar no Billings significava ser admirada. Ser temida. Ser uma das melhores. E você não podia simplesmente desistir dessas coisas. Nem que tivesse de praticamente enfrentar a morte para mantê-las.

— Não posso pedir transferência de lá — falei. — E também não quero que Constance, Sabine ou qualquer uma das outras garotas vá embora. — Qualquer uma exceto Missy e Lorna, mas não valia a pena tocar nesse assunto agora. — Acho que, com elas ali este ano, as coisas vão ser diferentes.

— Por enquanto não estão sendo — observou Josh, pegando a bandeja. Ele se afastou carregando a comida, e eu parei, tomada por uma onda de irritação. E daí que o cara estava exausto? Isso não era motivo para me alfinetar. Uma parte de mim estava sem vontade de sentar ao seu lado, se ele pretendia embarcar nesse clima.

Eu continuava pensando nisso dois segundos depois, quando Ivy passou. Ela me encarou com os olhos negros penetrantes, fez uma cara de total indiferença e seguiu seu caminho. Qual era a dessa garota, afinal? Será que estava montando um catálogo mental do meu guarda-roupa? Vendo aí a oportunidade perfeita de dar um tempo para Josh esfriar a cabeça, eu a segui até a mesa junto da parede, onde ela vinha se sentando nos últimos dias para fazer as refeições sozinha.

— Oi — falei, parando na frente da cadeira dela.

Ela ergueu os olhos.

— Olá. — Desdenhosa. Fria. Nada que me impressionasse de verdade. Eu já lidara com coisas bem piores.

— Eu me chamo Reed Brennan — falei.

— Eu sei. É a garota por quem Thomas Pearson foi assassinado.

O ar me fugiu na hora.

— O quê? — perguntei num engasgo.

— Algum problema? — A expressão no rosto dela era da mais pura e imaculada inocência. — Foi isso que aconteceu, não foi?

— Eu... — E foi só isso. Era tudo que eu tinha para retrucar. Como poderia reagir a uma coisa daquelas? Eu fora até ali falar de amenidades, quem sabe ser gentil com uma garota que não tinha amigos, quem sabe apurar se ela sabia de alguma coisa sobre Taylor. Pelo que já vira da sua postura pelo campus, não esperava mesmo um abraço e uma acolhida carinhosa, mas também não esperava aquilo.

— Você queria me dizer alguma coisa? — indagou ela, erguendo o garfo. Ainda sem nenhum traço de malícia.

— Não — falei. — Acho que terminei por aqui.

Ela ficou me encarando. Devolvi o olhar fixo, querendo mostrar que não me sentia perturbada pelo seu jeito. Que, por mais mal educada e estranha e sinistra que ela fosse, não me deixava intimidada. Eu era uma Menina do Billings. Era eu que colocava as pessoas nos seus lugares com meu olhar, e não o contrário.

— Se já terminou por aqui — disse ela por fim, devagar, como se estivesse se dirigindo a alguém com limitações graves de QI —, é melhor ir andando.

Droga. Ela estava certa. O que eu pretendia fazer: ficar ali parada o dia todo?

— Está certo — respondi, reunindo as migalhas de dignidade que ainda consegui encontrar. E, com os olhos da garota cravados ostensivamente em mim, finalmente fugi para minha mesa.

MONOPOLIZADO

A biblioteca da Easton estava silenciosa, exceto pelos ruídos de alguém que devolvia livros às prateleiras em algum lugar por perto. Tão silenciosa que todos podíamos ouvir os pés de Josh quicando debaixo da mesa. Isso acontecia às vezes. O cara era do tipo que não consegue parar quieto.

— Perdendo algum compromisso em outro lugar? — perguntou Cheyenne, lançando um sorriso sedutor para ele.

Não se dirija a ele. Não ouse sequer olhar para ele.

Josh aquietou as pernas.

— Foi mal.

Ela reagiu com um olhar de soslaio — como se os dois partilhassem algum tipo de piada interna — e voltou às anotações. Tive vontade de pegar meu calhamaço de dois quilos de texto e dar com ele na cabeça da garota. Sabine, que estava sentada à cabeceira da mesa, me lançou um olhar como quem diz: *está vendo?*

Você está imaginando coisas, Reed. Isso é só o jeito de Cheyenne. Ela flerta o tempo todo. Pode ser até que tenha algum interesse em Josh, mas isso não quer dizer que ele esteja interessado nela.

Mas tinha coragem de dar tanta bandeira na minha frente? Isso sem falar na presença de Trey, que estava com uma postura tão largada na cadeira ao lado de Sabine que provavelmente a bunda estava a quilômetros do assento. Os olhares fuzilantes que ele lançava na direção de Cheyenne de tempos em tempos me faziam indagar qual teria sido o motivo exato do rompimento entre os dois. E pensar, também, por que exatamente ele fora se sentar na nossa mesa, se o simples fato de estar próximo a ela fazia seu sangue ferver daquele jeito.

Os pés de Josh voltaram a balançar. Gage soltou um grunhido de aborrecimento.

— Cara, tá na hora de acertar a dose desses seus remédios — falou, largando a caneta que segurava. Ele passou as mãos no cabelo empapado de gel até deixar as laterais espetadas duras para o alto. — Para de sacudir essa porra.

— Ei, tem garotas no recinto — repreendeu Trey.

— É, e vá à merda antes que eu me esqueça — emendou Josh, mas mesmo assim aquietou as pernas.

Estendi a mão para tocar o cotovelo dele, que me devolveu um sorriso forçado.

— Tudo bem com você? — perguntei.

— Tudo. Só estou tenso por causa desse teste — respondeu. Baixando o lápis, levou as duas mãos ao rosto e o esfregou com força. Quando voltou a me olhar, a pele estava manchada por causa da pressão. — Vai ver que estou precisando de um tempo — sussurrou. — Por que não rouba um pouco da minha atenção?

Dei um sorriso alegre, me sentindo bem por ser necessária para o cara.

— Já lhe contei que Sabine eu e nos inscrevemos na equipe do serviço de mesa?

— Perfeito — disse Gage, com uma bufada de desprezo.

— Assim você nem vai precisar disfarçar suas origens.

Cheyenne deixou escapar um riso que foi rapidamente disfarçado num acesso de tosse. Decidi ignorar os dois, olhando de relance para Sabine. Comentários desse gênero teriam de bastar para acabar com a paixonite dela. Mas a garota continuava com as ocasionais espiadas embevecidas na direção de Gage. Será que era um caso de erro de tradução? Dei um suspiro e segui adiante.

— Você também deveria se inscrever, assim ficaríamos juntos — falei, apertando o braço de Josh.

— Para falar a verdade, nós já nos inscrevemos no comitê responsável pela comida — retrucou Josh, agarrando ambas as pontas do lápis com as mãos, como se fosse quebrá-lo.

— Nós? — repeti. Uma acidez horrorosa se derramou no meu estômago.

— Ah, é, foi mal. Acho que monopolizei seu namorado — disse Cheyenne, roçando o braço livre de Josh com as pontas dos dedos.

Será que seria considerado muito errado quebrar sistematicamente cada uma daquelas falanges em pedaços?

Minha atenção se voltou para Sabine. Ela fingia estar concentrada na leitura, mas os olhos haviam se arregalado. A garota sabia exatamente o que estava acontecendo.

— Comitê da comida? — indaguei a Josh, torcendo para a voz ter soado menos esganiçada do que estava parecendo aos meus ouvidos. — Por quê?

Ele deu de ombros.

— O assunto apareceu na nossa aula de literatura, e achamos que seria legal transformar isso em, tipo, uma coisa de grupo.

— Nós? — repeti.

— Do quarto ano — falou Cheyenne, cheia de superioridade. Como se fosse óbvio que eles faziam parte de uma coisa da qual eu estava excluída. — Afinal, este é nosso último ano na escola, queremos ficar juntos o máximo de tempo possível.

— É isso — reforçou Josh.

— Ah. — Realmente, fazia sentido. Mas por que não tinha ocorrido a ele que seria legal fazer alguma coisa comigo? Afinal, era o último ano em que nós dois estaríamos na mesma escola·também.

— Vá se acostumando, Reed. O quarto ano é cheio de programações de turma — comentou Cheyenne, enquanto fazia umas anotações. — Mas não precisa se preocupar com Josh. No que depender de mim, ele não vai se sentir sozinho.

Josh olhou para ela, e os dois riram. A explosão de raiva e ciúme que tomou conta de mim foi tão quente que eu teria sido capaz de incinerar a biblioteca e todo mundo que estava nela.

— Eu me inscrevo na equipe dos garçons com vocês — se ofereceu Trey.

— Sério? — perguntei.

— Sério — confirmou ele. — No que depender de mim, o interesse pela programação de turma do quarto ano é nulo — completou, com um olhar de desprezo para Cheyenne. Um olhar que não passou despercebido por ela. — Amanhã mesmo faço a inscrição.

— Legal.

— Ótimo, Trey — reagiu Cheyenne, num tom petulante.

— Porque eu já tenho a ajuda de que preciso.

O olhar possessivo dela para Josh fez meus dedos dos pés se contorcerem. Eu precisava dar uma resposta a isso. Qualquer resposta. Mas que resposta poderia dar sem fazer o papel da namorada ciumenta paranoica? Como era possível que, em qualquer situação, Cheyenne parecesse ter sempre a última palavra?

A ENTREGA

No sábado à noite, ocupei meu lugar no sofá do salão, espremida entre Rose e Portia, que não conseguia parar de ajeitar os cabelos e de me dar cotoveladas no processo. Perfiladas diante da lareira, estavam cinco das seis novas residentes do Billings — ou aspirantes a novas residentes do Billings, como Cheyenne insistia em chamá-las mesmo diante do fato de elas já estarem instaladas no alojamento —, cada uma delas com um objeto pousado no chão perto de si, coberto por um pano ou dentro de uma sacola.

Constance mordia o lábio e me fitava cheia de empolgação. O sorriso que devolvi foi produzido com esforço. Minha cabeça estava tomada pela preocupação com Sabine, cuja ausência visivelmente se fazia notar.

— Cadê ela? — indagou Rose, nervosa.

— Não faço ideia — respondi.

A garota havia repetido para mim diversas vezes nas últimas 24 horas que tudo estava sob controle em relação ao teste, embora eu não fizesse ideia de como isso era possível. Talvez ela simplesmente tivesse decidido entregar os pontos. Vai ver que, assim como Josh, concluíra que o esforço não valeria a pena.

— Bem, nós lhes demos 72 horas e já se passaram 72 horas e dois minutos — iniciou Cheyenne. — Proponho que tenha início a apresentação.

Nesse exato instante, a porta da frente bateu com um estrondo, e Sabine surgiu no salão, esbaforida. Numa das mãos, havia um comprido rolo preto.

— Já acabou? — perguntou ela. Ou arfou, para ser mais exata. — Perdi a hora?

Todos os olhares se voltaram para Cheyenne. A postura, que normalmente já era mantida ereta, de alguma maneira se aprumou ainda mais. A garota estava saboreando a posição de poder.

— Que isso não se repita — disse ela, fria.

Com um suspiro de alívio, Sabine avançou para ocupar seu lugar no final da fila, depois de Astrid. Mas Cheyenne a deteve.

— Nã, não. Você fica aqui — falou, posicionando Sabine entre Kiki e Constance.

E essa, agora? Olhei de relance para Rose, que encolheu os ombros. Devia ser só Cheyenne dando vazão à sua sede de demonstrar poder, como sempre. Com todas arrumadas em seus lugares, Tiffany fez uma foto do grupo completo e nervoso.

— Vamos começar — anunciou a líder, dirigindo-se ao início da fila. — Lorna? O que você tem para nós?

Lorna engoliu em seco e olhou para Missy, que franziu os lábios para lhe dizer que andasse logo com aquilo. Depois de pigarrear ligeiramente, a garota mergulhou a mão na bolsa Neiman Marcus e puxou ali de dentro uma plaquinha de ouro amassada em um dos lados e meio arranhada. A inscrição dizia:

DEDICADA À MEMÓRIA DE ROBERT ROBERTSON

TURMA DE 1935

Algumas garotas à minha volta abafaram risadinhas. O flash da câmera da Tiffany estourou.

— Você roubou a placa da Big Bubba? — perguntou Cheyenne, sem se alterar.

— Ela faz parte da história da Easton. — A voz de Lorna era pouco mais que um guinchado.

Big Bubba era o carvalho gigantesco na entrada da capela, plantado em memória de um certo ex-aluno chamado Robert Robertson. E Lorna havia roubado a placa que sinalizava isso.

Cheyenne fungou.

— Bem, o começo não foi nem um pouco promissor.

Lorna empalideceu ao devolver a placa para dentro da bolsa. Um tremor passou pelo seu queixo, mas ela segurou as lágrimas. De repente, e de um jeito que me pegou de surpresa, eu me senti mal pela garota. Lorna na verdade jamais havia passado de um capacho de Missy, afinal. E podia não ter conseguido nada digno de nota, mas pelo menos dera provas de ter se esforçado.

— Missy. Vamos ver se você se saiu melhor — continuou Cheyenne, postando-se à frente da Srta. Narinas.

— Pode apostar. — Foi a resposta direta dela.

Muito bem. Bela forma de demonstrar apoio à sua suposta melhor amiga. Missy pescou da bolsa um livrinho encapado de couro. Meu queixo caiu quando bati os olhos no volume. Rose chegou a se levantar para ver melhor.

— Isso aí é o...

— Guia do Aluno da Academia Easton, o exemplar original. — Cheyenne estava visivelmente impressionada. E tinha mesmo de estar. A edição original do guia era mantida dentro de uma redoma de vidro hermeticamente fechada no saguão central da biblioteca da Easton, trancada a sete chaves.

— Que coisa mais ninja da sua parte, Miss — comentou Portia.

— Tenho meus contatos — retrucou a outra, toda cheia de si. Lorna, ao seu lado, foi ficando verde.

— Bem, isso eleva um pouco nossos parâmetros. — Cheyenne devolveu o livreto para Missy. — Kiki? — chamou. — Você é a próxima.

Kiki estourou uma bola de chiclete, girou o corpo e pegou do chão um objeto que parecia pesado. Ela o pousou sobre a mesa e retirou o lenço azul que o cobria. Todas as presentes arfaram em uníssono. Era uma pedra pequena, cinzenta e quadrada, com o número 1858 gravado numa inscrição tão antiga que mal podia ser lida. A pedra angular do Edifício Gwendolyn, o prédio que originalmente abrigara as primeiras salas de aula da Academia Easton.

— Kiki, o que foi que você fez? — soltei.

— Nada de mais — respondeu ela, dando de ombros e fazendo outra bola com o chiclete. — Precisei só de um pé de cabra, e a danadinha se soltou fácil. O edifício está caindo aos pedaços, de todo jeito.

— Essa é das mınhas — falou Tiffany, tirando fotos.

— Tiff, é melhor guardar isso — interveio Cheyenne, erguendo a mão.

Pela primeira vez, ela pareceu questionar o grau de sagacidade do testezinho que inventara. Os olhos de todas agora estavam colados em Kiki e emanavam um misto de respeito e temor. A garota voltou ao seu lugar na fila e estourou outra bola de chiclete.

— Tem razão — concordou Tiffany. A câmera tinha sido escondida atrás do corpo.

— Muuuito bem — falou Cheyenne. — Sabine? Não sei como você vai conseguir superar essa.

Erguendo o queixo, minha pupila desfez o rolo que tinha nas mãos e o ergueu. Era um dos estandartes pretos que costumavam ficar pendurados entre os vitrais da capela. Esse trazia bordados o ano 1984 e os nomes Susan Llewelyn e Gaylord Whittaker. Eu não imaginava como alguém teria conseguido tirar aquilo do lugar sem usar uma escada ou contar com alguma ajuda. Impressionante.

Cheyenne passou um bom tempo fitando o estandarte.

— O que é isso?

— O estandarte da formatura do ano de 1984 — explicou Sabine. Pesquisei a história do Billings e descobri que Susan Llewelyn morou no alojamento e hoje faz parte do conselho diretivo da escola. E foi a oradora desse ano. Portanto, temos aqui um marco não só da história da Easton como também da história do Billings.

Rose me lançou um olhar de *nada mal, hein?,* e eu concordava com ela em gênero, número e grau.

— E Gaylord Whittaker, quem é? — perguntei. — Tem algum parentesco com...

— É tio de Whit — soltou Constance. — Todo mundo o chama de Guy.

Portia deu um riso debochado e afofou o cabelo, espetando o cotovelo na minha bochecha.

— Ei — reclamei.

Ela me olhou como se eu fosse a inconveniente da história e girou os joelhos para o lado oposto com um safanão.

— Muito bem, vamos adiante — falou Cheyenne, afastando-se de Sabine.

Meus dedos se encolheram em dois punhos fechados. Então era isso? Sem um elogio, sem nada? Cheyenne não tinha noção de como devia ter sido difícil invadir a capela e baixar aquele treco da parede? Sem falar em toda a pesquisa prévia. E Sabine não havia pedido minha ajuda nem uma vez. Se isso não era dar mostras de estar à altura do Billings, eu não sabia o que mais poderia ser.

— Constance? — chamou Cheyenne.

A garota me lançou um olhar de relance antes de erguer do chão a imensa sacola de compras da Barneys. Ela não me contara o que Whittaker havia lhe enviado, querendo fazer surpresa. Com um sorriso na minha direção, mergulhou a mão na sacola e fez um movimento de puxar, mas o que havia ali dentro ficou preso e atrapalhou o teor dramático planejado para o momento da revelação. A reação de Cheyenne foi revirar os olhos e estalar a língua, o que só deixou Constance ainda mais nervosa. Por fim, ela simplesmente rasgou a parte da frente da sacola para revelar o conteúdo. Pendurado em um cabide de madeira, havia um paletó azul-escuro com a insígnia da Easton costurada no bolso, uma gravata listrada de azul e amarelo e um quepe azul muito antigo.

— Uau, muito bom — falou Tiffany às minhas costas. — É um dos uniformes antigos da Easton, não é?

— Do princípio do século XX — confirmou Constance.

Alguém assoviou, impressionada.

— Difícil achar algo com mais significância histórica — comentou Rose.

Constance ficou radiante.

— Verdade. E, uau, me pergunto como você conseguiu isso — disse Cheyenne, secando a garota de alto a baixo com o olhar. Ela recuou, como se houvesse calor de verdade emanando do rosto de Cheyenne.

— Algum problema? — intervim.

— Achei que tivesse deixado bem claro que nossas candidatas não deveriam receber qualquer tipo de ajuda — respondeu Cheyenne, cravando os olhos em mim. — Você pegou isso em algum lugar dentro do campus? — interpelou ela, voltando-se para Constance.

Não responda. Você tem o direito de não produzir provas contra si mesma.

— N... não — falou ela.

— E *onde* o conseguiu, então? — questionou Cheyenne, cruzando os braços. — Com seu namoradinho, por acaso?

— Cheyenne — falei, em tom de advertência.

— Whit não pode ser definido exatamente como "inho" — brincou London.

Constance ficou vermelha.

— Deixem a garota em paz — acrescentei, firme.

— Para sermos justas, Cheyenne, você nunca chegou a dizer propriamente que elas *teriam* de roubar alguma coisa, mas apenas que a tarefa seria trazer uma peça histórica do colégio — observou Rose. — A parte do roubar foi só uma suposição que passou pela cabeça de todas.

Como sempre, lá vinha Rose com um comentário sensato. E que pareceu ter feito Constance se sentir amparada. Ela manteve a mão agarrada com firmeza ao cabide e ergueu o queixo.

Cheyenne estreitou os olhos na direção de Rose, e suas narinas se inflaram.

— Isso não muda o fato de que ela optou pela saída mais fácil. E tenho certeza de que isso não será aprovado pelas suas companheiras de prova.

Na verdade, nenhuma das outras dera mostras de ter se importado muito até Cheyenne tocar no assunto. Só então Missy e Lorna fungaram na direção de Constance, aborrecidas. Kiki, entretanto, estava com os olhos pregados no quepe azul da Easton, provavelmente avaliando quais as chances de conseguir afaná-lo para si, e Sabine manteve um ar solidário.

Por fim, Cheyenne se voltou para Astrid.

— E para fechar, certamente com chave de ouro?

Astrid correu o olhar pelo salão, hesitante. Apreensiva? E, em seguida, baixou o queixo e se agachou. Ela ergueu um objeto que era visivelmente pesado e desengonçado, embrulhado num cobertor bem grosso, e foi depositá-lo no meio do salão. As garotas que estavam atrás de mim ficaram de pé para enxergar melhor. Astrid ergueu o cobertor e deu um passo atrás. Debaixo dele havia um velho sino de cobre emaciado. Do tipo que os pioneiros certamente usavam nos tempos de Laura Ingalls para anunciar o início das aulas.

— K.C.T. — soltou Portia, dramática.

— Como você conseguiu isso? — quis saber Tiffany.

— Está *aí* o que eu esperava receber hoje — declarou Cheyenne, orgulhosa. Os olhos de Astrid estavam pregados no chão.

— Não é possível — duvidou London, agachando-se para examinar melhor. — Este não pode ser o original. É óbvio que se trata de uma cópia.

— Cópia de um sino de escola? — Tiffany deixou escapar.

— Er... meninas? — chamei. — Que papo é esse?

— O Velho Sino — falou Cheyenne, sorrindo. — Ele ocupou a torre do Edifício Gwendolyn entre 1838 e 1965, até a administração constatar o péssimo estado das vigas de suporte e mandar tirá-lo dali. Desde a remoção, passou a ocupar o centro da mesa que há na sala do conselho diretivo.

Tradicionalista como ela só, Cheyenne tinha na ponta da língua a completa versão oficial da história da Academia Easton.

Olhei para Astrid cheia de espanto. Não fazia ideia sequer de onde ficava a tal sala do conselho diretivo. Como ela se informara sobre essa história do sino? E como havia se esgueirado para dentro do lugar e saído dali levando um souvenir tão enorme?

— Caramba, menina — disse London, com um sorriso. — Você é mesmo corajosa.

— Como foi que conseguiu? — indagou Tiffany.

— Seus braços devem estar *podres*.

O salão de repente se encheu do burburinho das vozes de todas, que cercaram Astrid para lhe dar os parabéns e admirar o sino.

— E como você soube da existência dessa coisa? — perguntei. Afinal, eu mesma jamais ouvira falar no sino.

— Eu... bem, eu... li sobre ele — falou Astrid, o rosto corando quando seu olhar encontrou o de Cheyenne.

Na mesma hora, a verdade caiu na minha cabeça como se fosse uma bigorna. Cheyenne dera uma mãozinha a ela. A tal discussão sussurrada na capela era sobre isso. E foi por isso que Cheyenne fez questão de deixar Astrid apresentar sua oferenda por último. Porque sabia que o sino daria um *gran finale* impressionante. Ela reclamara do fato de Constance ter tido ajuda externa, mas se encarregara pessoalmente de levar Astrid até aquela coisa de cobre.

Olhei para Cheyenne, e o olhar que ela me devolveu pareceu o de alguém encurralada. Quando abri a boca para falar, ela bateu palmas para chamar a atenção do grupo.

— Ora, ora, ora. Preciso dizer que algumas de vocês me deixaram muito impressionada — anunciou, enquanto o burburinho cessava. Minha vontade era falar alguma coisa ali mesmo. Se era. Mas tudo que eu não queria era constranger Astrid; eu gostava de verdade da garota, e agora ela estava com a cabeça tão baixa que seu nariz quase roçava nos pés. Por isso, segurei a língua.

— Astrid, Missy, Kiki, bom trabalho. Vocês realmente se superaram para nos impressionar. E agradeço o empenho. Quanto às outras... — Cheyenne correu os olhos em volta, encarando Lorna, Constance e Sabine. — Eu nem sei direito o que dizer. Exceto que valeu a tentativa.

Constance se encolheu para junto da parede. A mandíbula de Sabine se retesou. Lorna envolveu o próprio corpo com os braços. E na mesma hora eu soube. Soube que Cheyenne havia tomado sua decisão muito antes até de inventar o tal teste e que já determinara quais eram as três pessoas que seriam aceitas e quais seriam as três reprovadas. Astrid era sua amiga e vinha de uma família que tomara chá com o Príncipe William mais de uma vez. Missy tinha a herança do Billings por parte de mãe. Kiki era uma das meninas mais inteligentes da sua série e a filha escandalosamente rica de um magnata da indústria de computadores. Todas perfeitamente à altura de estarem ali. Enquanto isso, Lorna carecia de atrativos e tinha vocação excessiva para capacho, Constance era doce e desencanada demais, e Sabine, bem, essa era minha amiga. Eu não conseguia imaginar outro motivo que a tivesse levado a ser vetada. A menos que seu jeito pouco materialista e bondoso de ser também pesasse contra de alguma forma.

— Cheyenne, qual é? — falei.

E fui solenemente ignorada.

— Cada pessoa tem seu lugar no mundo, meninas. Acho que vocês três deveriam começar a pensar se querem mesmo continuar tentando se encaixar num ambiente onde *obviamente* estão tão deslocadas.

Quando Constance se voltou para mim, os olhos cintilavam. Eu queria arrancar o coração de Cheyenne com a unha só para fazê-la sentir uma pitada do sofrimento que estava provocando naquelas meninas.

— Ainda esta noite, quero que todas devolvam essas coisas aos lugares de origem — determinou.

— O quê? — Astrid deixou escapar.

— A ideia não era usá-las para enfeitar o alojamento? — emendou Sabine.

— Até parece que nós usaríamos objetos roubados aqui. Você acha que sou idiota? — zombou Cheyenne. — As pessoas logo virão atrás dos objetos sumidos, e eles não podem, em hipótese alguma, ser encontrados nas dependências do alojamento. Quero que cada um esteja de volta ao seu lugar quando o dia amanhecer. É claro que, para certas pessoas, bastará dar um telefonema para agendar a coleta do FedEx — acrescentou, lançando um olhar fuzilante na direção de Constance. — Boa sorte para todas! — cantarolou.

London, Vienna, Portia e algumas outras riram das expressões de perplexidade no rosto das novatas enquanto seguiam Cheyenne para fora do salão. Constance escondeu as lágrimas virando o rosto para a parede, e Lorna saiu correndo pela porta da frente. Eu jamais gostara daquela garota, mas nesse momento me senti mal por ela. Por todas elas. Até mesmo por aquelas que tiveram a aprovação de Cheyenne. Porque todas seriam obrigadas a encarar uma missão proibida *outra vez*. Teriam de cometer o delito de invasão *outra vez*. E, no caso de Lorna e Kiki, enfrentariam isso para devolver objetos que talvez já tivessem sofrido danos irrecuperáveis.

Eu jamais sentira uma vontade tão forte de estrangular alguém quanto a gana de esganar Cheyenne que tomou conta de mim nesse instante. E, para uma pessoa com o meu histórico, isso não era pouca coisa.

A VOTAÇÃO

Fui despertada no meio da noite por aquela mão me cobrindo a boca. O coração disparou, e eu tentei gritar, mas tudo o que se ouviu foi um grunhido estrangulado no fundo da garganta. A lâmpada de uma lanterna se acendeu, iluminando o rosto de Tiffany. Parei de me debater. Olhei para ela, confusa. Trajando uma camiseta largona e as calças de um pijama de seda, Tiff ergueu um dedo até os lábios e apontou para a cama de Sabine. Meu olhar seguiu a direção de seu dedo. A garota estava ferrada no sono.

— Vem — sussurrou ela, me soltando.

— Pra onde? — arranhei em resposta.

Tiffany inclinou a cabeça para o lado. Rose e Portia estavam na porta do quarto. Portia metida num robe de seda verde que se arrastava no chão e Rose num baby-doll DKNY. Cada uma trazia uma vela acesa na mão. Uma visão intrigante. Eu me levantei, meti os pés num par de chinelos e me dirigi ao corredor. Tiffany fechou a porta sem fazer barulho atrás de nós. Portia meteu uma vela na minha mão e a acendeu, para em seguida entregar outra a Tiffany. Eu ouvia o som de passos no andar de baixo. Vozes murmuradas.

— O que está havendo? — indaguei.

— É a votação — disse Rose.

Votação? Nós íamos mesmo seguir adiante com essa palhaçada? Íamos mesmo agir como se tivéssemos algum controle sobre quem morava ou deixava de morar no alojamento? E por que eu não ficara sabendo antes sobre aquela droga toda?

— Meninas! — sussurrou alguém das escadas. — Estão esperando pelo convite impresso? Andem logo!

Seguimos nas pontas dos pés numa fila que desceu até o vestíbulo. Imaginei que fosse acompanhar minhas amigas para dentro do salão do Billings, mas, em vez disso, elas rumaram para a esquerda, para longe do aposento escuro. Para junto da porta dos fundos que havia permanecido fechada e trancada desde que eu tinha ido morar ali.

— Para onde a gente vai? — perguntei.

Ninguém respondeu. Portia mudou de direção outra vez, conduzindo a fila para trás das escadas, e eu finalmente entendi. Era para o porão. Pela primeira vez em toda a minha estada no Billings, a porta do porão estava aberta.

— Estamos indo para a sala do aquecedor? — Isso, afinal, era a única coisa que havia ali embaixo. Ou pelo menos era o que sempre tinham me dito.

Uma risadinha explodiu em algum lugar. Portia me lançou um olhar de *não seja idiota* por cima do ombro e começou a descer os degraus rangentes de madeira, erguendo uma das mãos em concha por trás da chama da sua vela. Quando cheguei ao alto da escada, avistei meia dúzia de cabeleiras escovadas ao longo da descida, as paredes antigas de tijolos iluminadas pelo bruxulear das chamas das velas. Não havia maneira de saber o que nos aguardava ali embaixo.

Num arroubo irracional, meu coração começou a martelar de medo. Ou talvez não tão irracional assim, considerando tudo que eu passara nas mãos das Meninas do Billings até aquele momento.

— O que tem lá embaixo? — cochichei por cima do ombro para Rose.

— A masmorra — sussurrou ela no meu ouvido.

Uma piada. Mas que não me fez sentir nem um pouco melhor.

Portia já estava uns cinco passos à nossa frente, o robe se inflando às costas à medida que continuava descendo. Tiff e Rose aguardavam mais atrás. Era avançar agora ou não avançar nunca mais. E lá fui eu.

Meus joelhos batiam enquanto eu tentava me orientar nos degraus irregulares e desconhecidos. De uma hora para outra, o ar ficou 15 graus mais frio. Estremeci dentro da camisa de dormir, e a chama da minha vela ficou na horizontal. Depressa, tratei de protegê-la com a mão em concha, como Portia havia feito com a dela, e prendi a respiração.

Ao pé da escadaria havia uma imensa porta de madeira ripada. Aberta. Para além dela, escuridão total. Minhas companheiras haviam se organizado num círculo no meio do que dava a sensação de ser uma pequena câmara gelada. Dei uma topada em alguma coisa dura e xinguei baixinho. Meu pé latejava. Mancando para dentro do lugar, me posicionei ao lado de Portia. Bem à minha frente, no lado oposto do círculo, estavam London, Vienna e Cheyenne. Assim que todas havíamos entrado, Tiffany fechou a enorme porta com um rangido.

Até esse instante, eu jamais havia me visto como uma pessoa claustrofóbica. Mas comecei a achar que talvez fosse. Eu sentia a pulsação latejar em cada centímetro do corpo. Um gotejar incessante martelava em algum lugar próximo. Atrás de mim, algum tipo de caixa ou cadeira fazia pressão contra minha batata da perna. Eu não sabia dizer ao certo o que era o tal objeto. A escuridão era tanta que eu não enxergava meus pés.

— Sejam bem-vindas, irmãs do Billings, ao círculo interior — iniciou Cheyenne, cheia de orgulho na voz.

Meu coração pulou de empolgação.

— Há muitos anos, nossas irmãs criaram este ritual para a importante escolha das novas alunas a serem recebidas no Alojamento Billings. Esta noite, daremos prosseguimento à tradição — anunciou, os olhos cintilando. — Senhoritas, queiram tomar seus lugares.

Todas à minha volta se deixaram cair sentadas. Hesitei por um instante, incerta sobre o que haveria atrás, mas fiz o mesmo. Meu traseiro bateu no braço de uma cadeira antes de deslizar para o assento duro. Mordi o lábio para prender um grito de dor. Cheyenne avançou para o centro do círculo, trajando uma linda camisola branca de debrum bordado. A chama de sua vela iluminou um antiquado lampião de prata pousado numa mesa no meio do círculo. Depois que o pavio foi aceso, consegui enxergar tudo a uma luz suave. Todos os dez rostos. Todas as dez cadeiras. E os seis cavaletes dispostos junto à parede, cada um com uma tigela de laca preta. Cada um sustentando a foto de uma das seis novatas. Havia ligeiras cavidades entalhadas nos braços da minha cadeira. Na cavidade da direita, seis bolas de gude negras. Na da esquerda, seis brancas. Logo atrás da cavidade do lado direito havia um castiçal de prata. Imitando os movimentos de Portia, encaixei minha vela nele.

— Vou chamar um nome de cada vez — anunciou Cheyenne. — Quem for chamada, por favor, se levante e deposite uma bola de gude diante de cada uma das novas irmãs em potencial. A bola branca indica que a aceitam, a negra que está vetada. Começaremos com Portia Ahronian. Portia, queira se levantar.

Eu observava tudo com atenção pelo canto do olho. Ela pegou três bolas brancas, três pretas. Uau, que surpresa. Para onde será que iria cada uma? Bem devagar, ela caminhou pela fileira de retratos, como se estivesse ponderando cuidadosamente. Terminando de depositar seus votos, voltou para a cadeira e se sentou.

— Obrigada, Portia — disse Cheyenne. — Reed Brennan?

Ordem alfabética pelos sobrenomes, então? Hm, desta vez eu não ficaria por último. Agarrei todas as bolas brancas, raspando as unhas na madeira para o caso de alguém duvidar das minhas intenções. Precisei só de dois segundos para deixar uma em cada tigela, mesmo com a ligeira hesitação que tomou conta de mim ao parar diante da foto de Missy. Mas eu não faria qualquer discriminação, nem contra ela. Minha atitude ali era para marcar uma posição. Todas mereciam uma chance.

Encarei Cheyenne desafiadoramente ao passar. Sua reação foi um revirar de olhos.

A votação terminou depressa. Pelo visto, todas as meninas haviam tomado suas decisões antes de descerem as escadas. Em seguida, Cheyenne avançou até os cavaletes e ergueu a tigela de Astrid. Despejou o conteúdo sobre o pano preto iluminado pelo lampião. Dez bolas brancas.

— Astrid Chou foi aceita por unanimidade.

Sorrisos satisfeitos brotaram por toda parte. Cheyenne passou para a tigela de Kiki. Uma das bolas era preta. As outras, brancas.

— Kiki Rosen foi aceita por votação — anunciou.

A tigela seguinte era a de Constance. Prendi a respiração. Levei apenas um instante para contar. Depois para recontar. Cheyenne puxou uma golfada de ar por entre os dentes num silvo.

— Ah, foi por pouco. Seis a quatro. Mas Constance Talbot foi vetada.

Agarrei os braços da cadeira com força. Não me descontrolaria. Pelo menos não até que essa palhaçada arcaica estivesse concluída. As bolas da tigela de Lorna foram despejadas.

— Lorna Gross... vetada.

— Missy Thurber foi aprovada por unanimidade.

Que surpresa.

E, então, Sabine. As bolas de gude foram despejadas. Havia cinco brancas, cinco negras.

— Um empate! Ora, que estimulante — falou Cheyenne.

— O que acontece em caso de empate? — quis saber Rose.

— Quando temos um empate, a integrante mais antiga do Billings ganha o direito a um segundo voto — explicou Tiffany.

— Ou seja, eu — completou Cheyenne, animada.

Eu me levantei.

— Espere aí. Como assim, você é a mais antiga? Estou vendo nove veteranas aqui dentro.

— Não se trata de antiguidade na escola, Reed, mas na linha — explicou Portia, impassível. — Cheyenne tem a linha mais comprida entre todas as presentes.

— Linha comprida? — Estranhei.

— A linhagem mais presente. Minha mãe, minha avó e minha tia moraram no Billings — disse Cheyenne, bufando de desprezo. — Nenhuma outra menina neste círculo teve mais de duas pessoas da família aprovadas.

Não acredito nisso. Não estou acreditando nisso.

— E, embora para mim seja difícil assumir este fardo — prosseguiu ela, fazendo a mártir —, declaro que... — Girou o corpo e escolheu uma das bolas de gude da sua cadeira, a cabeleira loura impecável cintilando à luz da vela. O sorriso que abriu ao depositar a bola era de triunfo, os olhos colados diretamente nos meus: — Está vetada.

— Você não passa de uma vaca manipuladora — falei, cruzando os braços sobre o peito.

— Reed! — arfou London.

— Este é um espaço sagrado, Reed. Tenha mais cuidado com o que diz — repreendeu Cheyenne.

— Sagrado? Você está de brincadeira? Os votos de todas se basearam só naquela tarefa idiota que Cheyenne tirou da manga! Tarefa essa, diga-se, que ela ajudou Astrid a cumprir. Vocês sabiam desse detalhe?

— O quê? — Fez Cheyenne, levando a mão ao peito.

— Não banque a inocente. Você armou aquele escândalo com Constance por causa do Whittaker, mas nós duas sabemos que falou com Astrid sobre o tal sino. E não me admiraria se soubesse que chegou a usar seus contatos para conseguir a chave da sala do conselho para ela — continuei. — Admita. Você já havia decidido quem ia ficar ou sair antes de qualquer voto acontecer.

— Isso é verdade, Cheyenne? — perguntou Rose.

— É claro que não — disparou ela, os olhos cravados em mim. — E justamente por isso Reed não tem como provar o que está dizendo.

— Estou pouco me lixando se as outras acreditam ou não. *Eu* sei que é verdade — falei. — O teste foi uma armação do início ao fim. — Meus olhos percorreram a sala toda. — É desse jeito que vocês querem escolher com quem vão morar até o resto do ano escolar?

— Você não está entendendo, Reed. Isso não tem a ver só com quem vai viver conosco, mas com quem vai nos representar perante o mundo — explicou Cheyenne, num tom condescendente. — Se queremos continuar atraindo as pessoas certas, precisamos ter as pessoas certas vivendo aqui o tempo todo. Lorna, Sabine, Constance? Elas simplesmente não são do tipo desejável.

— Na sua opinião — retruquei.

— Na opinião do grupo, ao que parece — observou ela. Cerrei os dentes.

— Muito bem. Então a votação de vocês vetou esses três nomes. O que pretendem fazer agora? O diretor *instalou* essas meninas aqui, Cheyenne. Esse ritual todo não passa de uma tremenda embromação no fim das contas.

— Eu lhe disse, Reed. Sempre existe alguma coisa que a gente pode fazer. Neste caso, não temos o poder de expulsá-las daqui — falou ela. — Mas podemos fazer com que elas queiram sair.

— O quê? — cuspi.

— Se as três decidirem sair por vontade própria, quem é o diretor para impedi-las de fazer isso? Alunos da Easton podem solicitar transferência de alojamento sempre que desejarem. Esse é um dos muitos privilégios incluídos nas altas anuidades pagas por todos os pais. Bem, pelo menos pelos *nossos* pais — concluiu, com um sorriso indulgente.

Ah, quanta maturidade. Vamos implicar com a bolsista. Minha pulsação rugia nos ouvidos. Ninguém se atrevia a contradizê-la. Ninguém lhe falava que esse plano era uma insanidade.

— Então você pretende torturar as garotas até que elas implorem para ser transferidas de alojamento — falei, decidindo ignorar o insulto lançado contra mim.

— Eu não descreveria nesses termos tão cruéis, mas, basicamente, é isso mesmo — concordou ela com um encolher de ombros.

— Pois eu não vou deixar que faça isso com elas — informei, enfrentando-a diretamente.

Cheyenne deu um risinho disfarçado.

— E como pretende me impedir?

— Com a minha ajuda — disse Tiffany, levantando-se atrás de mim.

Graças a Deus ainda havia garotas com algum coração por aqui.

— E com a minha — acrescentou Rose, mostrando um pouco menos de entusiasmo. Dentro do meu corpo gelado, o coração se aqueceu todo.

— Muito obrigada, Rose — falou Cheyenne.

— Eu só quero que todo mundo se entenda, Cheyenne — desculpou-se ela. — Quem precisa desse drama todo, afinal? Se quer saber, acho que já basta dessa história.

Cheyenne fitou Rose com um ar de quem havia sido traída, mas rapidamente se refez. Seu olhar passeou pelas seis garotas restantes.

— Mais alguma desertora entre nós? Mais alguém querendo ser responsável por lançar na lama a reputação do Billings?

Ninguém mexeu um músculo.

— Muito bem, então parece que já temos os dois lados oficialmente definidos. — Cheyenne abriu lentamente um sorriso para nós, como se aquilo tudo fosse uma grande distração. Precisei me segurar para não socar a cara dela. — Isto vai ser divertido.

ENTRANDO NO JOGO

— Eu só não entendo como você conseguiu tirar aquele estandarte da parede — falei para Sabine à mesa do café no dia seguinte, tentando manter a conversa num tom ameno. Procurando não pensar no que havia se passado no meio da noite. — Você precisa me contar como fez isso.

— Tive ajuda. — Ela remexeu a aveia na tigela e ergueu os olhos, cheia de culpa. — De Gage.

— De Gage? Espere aí. O cara por acaso sabe o significado da palavra ajuda? — deixei escapar.

Então era por isso que ele não havia aparecido no grupo de estudos.

— Ele, na verdade, é muito gentil. Depois que você passa a conhecê-lo melhor — comentou Sabine, séria.

Josh e Trey caíram na risada. Sabine derrubou o garfo, se encolhendo de vergonha.

— Meninos — ralhei.

— Foi mal — disse Josh.

— Mas não faz diferença, de qualquer maneira — falou Sabine emburrada, os olhos fitando a bandeja. — Aquelas garotas jamais vão me aceitar.

— Isso não é verdade — garanti. — Todo mundo gosta de você. — Mentira. — Cheyenne é só uma das meninas. Ela pode ter aquele ar de poderosa, mas na verdade não é nada disso.

Essa parte não era mentira. Eu já estivera diante do poder verdadeiro, e ele não se parecia em nada com Cheyenne Martin.

— Não foi isso que pareceu ontem à noite — observou Constance, espalhando os cotovelos na mesa e debruçando o corpo por cima dela.

— Não mesmo — acrescentou Sabine.

Eu me recostei na cadeira junto à mesa de sempre do Billings, naquela que ainda passava a sensação — e provavelmente continuaria passando para sempre — de ser a cadeira de Noelle, e soltei um suspiro de frustração. Essas garotas jamais conseguiriam enfrentar o que ainda viria pela frente se por acaso se deixassem abater daquele jeito por um testezinho de nada. Ao meu lado, Josh estava inquieto, evitando cruzar o olhar com o meu, quase com certeza por saber que tudo que eu não queria no momento era ter de enfrentar seu ar de *eu lhe disse*. Ao lado dele, Trey decidira ignorar a conversa e havia mergulhado no livro de biologia. Tanto Constance quanto Sabine estavam parecendo exaustas depois de terem passado metade da noite voltando às escondidas aos lugares de onde haviam surrupiado objetos para devolvê-los. Eu oferecera ajuda, mas Sabine, Astrid e Kiki haviam feito um pacto de apoio mútuo e queriam me deixar de fora daquela história. Constance acabara concordando em participar também, engolindo seus medos em nome da solidariedade para com as companheiras de provação. E pelo visto havia corrido tudo bem, considerando que nenhuma das garotas amanhecera expulsa do colégio, na prisão ou coisa parecida. Mas eu sabia que, no fundo, cada uma delas só conseguia pensar em qual seria a próxima estratégia armada por Cheyenne.

E não eram só elas.

A própria Cheyenne emergiu da fila do bufê nesse momento e, assim que nos viu, retorceu o belo rosto numa expressão de desagrado. Veio marchando nos saltos, escoltada por Portia, London e Vienna, e, ao chegar mais perto, pigarreou.

— Está vindo um resfriado por aí? — perguntei.

— Muito engraçado — disse ela. — O que acontece é que esta é a mesa do Billings, e só as moradoras veteranas têm direito de sentar nela.

— Desde quando? — retruquei.

— Desde sempre — falou ela.

— Eu me sentava aqui no ano passado e era só uma aluna do segundo ano — observei, sabendo que a lembrança seria uma flecha certeira. No ano anterior, Cheyenne ficava em outra mesa enquanto eu havia sido convidada para me sentar naquela por Noelle e pelas outras.

— Bem, os tempos eram outros. Você pode ficar, mas suas amiguinhas terão de se mudar daqui — determinou, passando os olhos por Constance e Sabine como se as duas fossem arranhões no seu par de Manolos novinhos.

— Nossa, Cheyenne, quando você ficou azeda desse jeito? — reclamou Trey.

— Ninguém falou com você, Trey. — Foi a resposta dela.

— Senhoritas?

Constance e Sabine se entreolharam e se levantaram de onde estavam. Trey as acompanhou, jogando a cadeira para trás com tanta força que foi bater numa mesa vizinha.

— Não, gente. Vocês *não precisam* trocar de mesa — falei.

— Não faz mal — murmurou Constance, virando-se para sair. Ela pôs a bandeja na mesa ao lado e puxou uma das cadeiras. Sabine ficou com o lugar ao lado, e Trey sentou-se com as duas. Olhei para Josh. Agora ele não estava mais evitando me encarar. A expressão era de quem vomitaria a qualquer momento quando Cheyenne tomou o lugar ao lado dele e as outras se acomodaram à nossa volta.

— Astrid! Missy! Aqui! — gritou ela bem alto, levantando um dos braços.

Ah, isso já era demais. Astrid e Missy, que não sabiam o que estava se passando, atenderam ao chamado e foram ocupar a ponta da mesa. Constance parecia prestes a desmoronar.

— Cheyenne, tenho uma pergunta para lhe fazer — falei, com a voz açucarada.

— O que é, Reed? — respondeu ela, com uma leveza fajuta, entrando no jogo tão bem quanto eu.

— Você consegue dormir bem à noite ou os chifres e o rabo pontudo atrapalham muito?

— Ah, Reed, não seja ridícula — respondeu ela, bebericando o suco de maçã. — Estamos num país livre, tenho direito de escolher com quem vou tomar meu café da manhã.

— Pois eu também tenho — falei, me levantando e pegando a bandeja.

— Você é quem sabe — retrucou Cheyenne, dando de ombros.

Josh se levantou também, mas foi agarrado pela manga da jaqueta de veludo surrada.

— Você pode ficar se quiser, tá? — assegurou Cheyenne, piscando os imensos olhos azuis.

Olhos que eu arrancaria com a unha, ali mesmo.

Josh deu um sorriso afetado e encolheu os ombros.

— Se Reed sai, eu também saio.

A cara de Cheyenne foi ao chão. Eu me enchi de orgulho. Teria mandado um *Toma!*, se essa não fosse ficar registrada como a resposta mais imatura da história da linguagem falada. Mas isso não me impediu de pensar exatamente nela enquanto afundava numa cadeira bem de frente para Cheyenne, com um sorriso que não queria mais deixar meu rosto. Josh estendeu a mão por baixo da mesa, pegou a minha e deu um apertão cheio de orgulho.

Toma!

BORRALHEIRAS, PARTE II

Escutei as batidas cinco segundos antes de a porta ser escancarada. Instintivamente, meu coração quis sair pela boca — mas dessa vez não era atrás de mim que elas tinham vindo. Era atrás de Sabine.

— Acorda, acorda, acorda! Acorda, acorda, acorda!

E este ano elas vinham cantando.

Chutei as cobertas de cima do corpo enquanto Cheyenne, London, Vienna e Portia invadiam o quarto e rumavam para a cama de Sabine. London e Vienna batucavam com os cabos das escovas de cabelos. Portia dera um jeito de conseguir um alto-falante desses portáteis. Sabine já estava sentada na cama, os olhos arregalados e um ar confuso, quando Cheyenne puxou suas finas cobertas e levantou a garota pelos pulsos. Ela vestia só uma minúscula camiseta azul e uma calcinha branca. E, de alguma maneira, parecia muito pequena no meio daquilo tudo.

— O que está acontecendo? — perguntou, voltando os olhos para mim por cima do ombro de Cheyenne.

— Meninas, isso é mesmo necessário? — reclamei.

E fui solenemente ignorada. Cheyenne passou um avental xadrez vermelho e branco pela cabeça de Sabine e a virou à força para amarrar as tiras das costas. As longas madeixas espessas do cabelo continuavam presas sob as alças do avental e coladas às costas quando a garota foi empurrada para o corredor.

— Pelo menos a deixem vestir uma calça — gritei.

Elas saíram do quarto sem me dirigir um olhar ou uma palavra. Soltei um resmungo e agarrei o jeans de Sabine da cadeira da escrivaninha, onde ela o havia deixado na noite anterior. Quando alcancei o corredor, todas as minhas companheiras de alojamento já estavam reunidas ali, com as seis novatas envergando aventais coloridos e ridículos perfiladas contra a parede. O rosto de Constance estava salpicado de pontinhos de creme contra espinhas. Astrid tinha uma ruga de sono bem no meio da testa. Missy parecia um jogador de futebol americano, de tanto rímel borrado embaixo dos olhos. Kiki dormia em pé. Lorna simplesmente estava com um ar assustado. Caminhei até Sabine para lhe entregar os jeans sob os olhares azedos de metade das minhas supostas amigas. Depressa, a garota se meteu dentro da calça.

— Muito bem, meninas, agora vai começar a diversão! — anunciou Cheyenne. — É a hora de vocês nos darem provas do tamanho da sua vontade de morar aqui. Astrid, Missy, Kiki, vocês vão ficar encarregadas das camas. Comecem pelo meu quarto. E estamos falando de lençóis com dobras de hotel e travesseiros bem afofados, certo? Se alguém fizer corpo mole, estaremos de olho.

Astrid sacudiu Kiki até ela abrir os olhos direito, e as três correram na direção do quarto de Cheyenne sem dar um pio. Quase como se já soubessem que aquilo estava para acontecer. Olhei para Rose, que devolveu meu olhar com um ar de *eu sei, eu sei, mas o que podemos fazer?*

Alguma coisa. Tinha de haver alguma coisa que pudéssemos fazer.

— As outras, para os banheiros — ordenou Cheyenne, perdendo até o tom de falsa leveza na voz. — A água sanitária e as escovas de dente já estão à espera de vocês. Ao trabalho.

— Perdão, mas está dizendo que teremos de fazer a limpeza para vocês? — indagou Sabine.

— Não, querida, eu *não perdoo* sua lerdeza se até agora você ainda não entendeu isso — falou Cheyenne, dando tapinhas no ombro da garota. E, inclinando o corpo até os narizes das duas quase se tocarem: — Se quer morar aqui, você terá de trabalhar para merecer isso. É assim que funciona.

O olhar traído que Sabine me lançou fez com que eu tivesse vontade de arrancar os cabelos.

— Cheyenne, a escola oferece um serviço de limpeza — intervim. — Deixe as meninas voltarem para a cama.

— Calada, Brennan — disparou ela. — Isto não é assunto seu.

— Até onde eu lembro, também sou moradora do alojamento — retruquei. — E não vejo sentido em obrigá-las a escovar os sanitários quando já existem faxineiros pagos para fazer esse serviço.

— A questão é que todas nós passamos por isso — falou Cheyenne, se aproximando. — Faz parte de se tornar uma integrante plena do alojamento. Chama-se experiência partilhada.

— É uma idiotice — insisti. — Sim, todas nós tivemos de passar por isso, mas todas odiamos cada segundo. O que você ganha por fazer as pessoas se sentirem mal?

O rosto de Cheyenne estava um pimentão.

— Reed, se você desaprova nossa maneira de conduzir as coisas, por que não... — E a boca se fechou de repente, o olhar passando por cima do meu ombro.

— O que está acontecendo aqui? — trovejou a Srta. Lattimer, marchando para o meio do grupo toda empinada. A preceptora do alojamento Billings era conhecida pela postura de cabide de madeira, os colarinhos fechados até o alto e os modos arrogantes. O cabelo grisalho vivia puxado num coque que só acentuava a fisionomia pontuda de passarinho e seus olhos pequenos e brilhantes. — Todas ouviram as palavras do diretor. Se isto é alguma espécie de trote, serei obrigada a relatar o ocorrido.

O grupo imediatamente formou uma parede para esconder o trio que envergava os aventais coloridos. Cheyenne e eu chegamos a ficar ombro a ombro, temporariamente aliadas para enfrentar o inimigo em comum.

— Só estamos fazendo a arrumação, Srta. Lattimer — entoou Cheyenne com a voz doce. — A senhora sabe que precisamos cuidar dos nossos afazeres antes da aula ou este lugar se transforma num chiqueiro.

Os olhinhos da preceptora avaliaram a garota com astúcia. Ela sabia exatamente o que estava acontecendo ali. A questão era só se a desculpa de Cheyenne seria boa o suficiente para ser repassada ao diretor, caso algum comentário sobre o episódio chegasse aos ouvidos dele.

— Muito bem — soltou ela por fim, apertando o colarinho da blusa contra o pescoço. — Asseio, afinal, é uma qualidade importante em uma moça. Admiro a ética de vocês.

— Obrigada, Srta. Lattimer — entoamos todas em coro, cumprindo nosso papel.

— Podem voltar aos afazeres, então.

E, com isso, deu meia-volta e desceu as escadas. O suspiro de alívio foi geral. Mas a calmaria durou pouco. Cheyenne voltou-se novamente para as novatas e rosnou:

— O que vocês ainda estão fazendo aqui? Mexam-se!

Enquanto o trio saía apressado, ela me olhou com um sorriso.

— Acho que isso significa ponto para mim! — cantarolou.

E já havia saído de cena antes que eu pudesse encontrar uma resposta. Mas ela não ficaria sem troco da próxima vez. A Srta. Nariz em Pé podia ter vencido o primeiro round, mas ela que tratasse de se preparar bem para quando começasse o segundo.

ESCOLHENDO OS LADOS

Eram 7 horas da manhã. Todas deveríamos nos apresentar para o café durante os próximos trinta minutos. Enquanto imprimia meu trabalho de inglês, eu ainda escutava as garotas batendo coisas nos banheiros, abrindo e fechando janelas. A cada nova pancada, a tensão enroscando meus músculos aumentava um ponto. Enfiei o trabalho na bolsa e saí do quarto já de banho tomado, vestida e pronta para a batalha. Fosse qual fosse a carta que Cheyenne estivesse escondendo naquela sua manguinha Lacoste, ela ia ver uma coisa. Rose, Tiffany e algumas das outras estavam reunidas perto da minha porta, com um ar tenso como o de quem espera os resultados de um teste de drogas.

— Elas continuam trabalhando? — perguntei.

— Continuam trabalhando — confirmou Tiffany, de cara fechada.

Cheyenne marchou para fora do seu quarto batendo palmas.

— Muito bem, senhoritas, todas para o saguão, agora! — gritou.

As seis emergiram às pressas de quartos variados, vermelhas, suadas, exaustas. Estavam contando que a coisa fosse parar por ali, eu sabia. Estavam certas de que agora poderiam ir para o chuveiro para tocarem a rotina normal adiante. Mas algo no olhar de Cheyenne dizia que não era bem isso que iria acontecer.

— Antes do fim das obrigações matinais, cada uma de nós solicitará que vocês cumpram uma tarefa especial — anunciou Cheyenne, me lançando um olhar de soslaio.

O quê? Nós não vamos solicitar coisa alguma.

— Quero que cada uma escolha uma irmã de alojamento e peça a ela que lhe dê sua tarefa — falou Cheyenne.

Nenhuma das seis se mexeu. Notei os olhares divertidos que as outras garotas trocaram entre si. Todas já haviam escolhido as tarefas que iriam pedir. Mais um detalhe que Cheyenne havia escondido de mim.

— Vamos, vamos! — impacientou-se ela. — Quanto mais esperarem, mais vão se atrasar para o café da manhã.

Astrid deu um suspiro e se adiantou, se afastando das outras.

— Cheyenne, tem algo que eu possa fazer por você?

— Ora, Astrid, obrigada por perguntar. É muito gentil da sua parte! — trinou Cheyenne. — Pensando bem, ultimamente todas as gavetas da minha escrivaninha andam cheias de poeira e farelos acumulados nos cantos. Uma coisa nojenta mesmo. Será que você poderia cuidar disso para mim? Obrigada.

Ela estava brincando, não estava? Ia mesmo provocar o atraso de uma amiga por causa disso? Astrid desapareceu para dentro do quarto de Cheyenne, e todas ouvimos o som de gavetas sendo abertas e o conteúdo, remexido.

— Próxima? — comandou Cheyenne.

Missy deu um passo à frente e se voltou para Vienna.

— Posso fazer algo por você? — perguntou educadamente. Dava para notar que a garota estava orgulhosa de si mesma por sua fibra. Por ser uma boa caloura.

— Eu estava pensando em organizar as peças do meu guarda-roupa por cores. Cuide disso, sim? — pediu Vienna. Missy assentiu com a cabeça e virou-se para bater em retirada, parecendo satisfeita por ter recebido algo tão tranquilo de ser cumprido. — Ah, e não se esqueça de usar luvas. Pelo estado das suas unhas, parece até que elas andaram escavando um monte de esterco.

Algumas bufadas de escárnio se fizeram ouvir. Missy afundou a cabeça entre os ombros e saiu de cena. Todos os meus músculos foram se retesando enquanto eu torcia para que alguém, qualquer uma delas, viesse até mim. Que me perguntasse o que eu queria que fizessem por mim. Alguém. Qualquer uma.

Kiki pigarreou e veio na minha direção. Ela desplugou os fones dos ouvidos, e eu pude entreouvir o guincho raivoso de guitarra que eles despejavam.

— Reed? Tem algo que eu possa fazer por você? — perguntou.

Ela sabia. Eu podia sentir, pela maneira confiante como me encarava. Ela sabia que eu não compactuaria com aquilo.

— Tem, sim. Quero que você vá tomar banho e se arrumar para a aula — falei.

Kiki não hesitou. Saiu correndo na direção do quarto.

— Parada! Você não vai a lugar algum! — gritou Cheyenne.

Kiki bateu a porta atrás de si. Um choque suficiente para fazer Cheyenne perder momentaneamente o prumo. Depressa, Constance dirigiu-se a Rose.

— Rose, tem algo que eu possa fazer por você? — perguntou.

Rose me lançou um olhar hesitante. Mordeu o lábio inferior.

Você pode fazer uma coisa. Pode ferrar a Cheyenne. Acabar com isso agora mesmo.

— Não, Constance — disse Rose, por fim. — Não estou precisando de nada no momento.

Meu coração transbordou no peito.

— Rose! — estrilou Cheyenne. — Você...

Sabine aproximou-se de London. Tive de me conter para não intervir. Péssima escolha. Tiffany seria a opção segura, disso eu tinha certeza, mas London...

— Tem algo que eu possa fazer por você? — indagou Sabine.

— Não. — London encolheu os ombros.

— London! — guincharam Cheyenne e Vienna em coro. O som foi de fazer o sangue gelar nas veias de qualquer pessoa.

— Que foi? Não tem nada mesmo — falou London, com ar inocente. — Até poderia ter, mas Rosaline apareceu por aqui ontem e praticamente esterilizou o quarto todo! Ela jogou minhas camisinhas fora *e ainda por cima* confiscou o estoque que eu tinha guardado. Aquela mulher *definitivamente* come na palma da mão da minha mãe.

Dessa vez, eu tive de rir. Não consegui segurar. Rosaline era a faxineira dos pais de London. A mãe da garota despachava a coitada de Nova York para Easton a cada 15 dias para limpar os aposentos de London, levar encomendas de casa, que invariavelmente incluíam livros de dieta totalmente desnecessários e bisbilhotar a vida da filha. E esta semana Rosaline não só tinha feito seu trabalho, como também me prestou um imenso favor. Cheyenne soltou mais um guincho agudo e disparou para seu quarto, batendo os pés.

— O quê? O que foi que eu fiz? Cheyenne! — E London saiu correndo atrás da outra em suas sandálias de plataforma. — Cheyenne! Está zangada comigo?

Tiffany deu uns tapinhas nas costas de Rose enquanto o corredor se esvaziava. Mas Constance, Sabine e Lorna continuaram paradas onde estavam, olhando em torno com ar confuso. Será que não haviam entendido ainda? Estavam livres.

— Meninas, é isso mesmo. Podem tomar banho. Por hoje, já deu — falei.

Então, e só então, elas começaram a se dispersar. E não é que eu tinha algum status na hierarquia desse lugar, afinal?

O JOGO

— Bom dia, almas torturadas! — O Sr. Winslow marchou para dentro da sala de inglês a todo vapor. — Antes de passarmos à nossa querida Elizabeth Bowen, vamos recolher os trabalhos de todos!

Pesquei da bolsa a pasta azul que continha minhas 15 páginas sobre Edith Wharton e me levantei acompanhando o resto da turma. Com um olhar apressado para o título de cada trabalho, o Sr. Winslow ia acomodando todos na sua mesa. Alguns recebiam um franzir pensativo de sobrancelha. Outros eram brindados com um riso claramente satisfeito. Ele era um dos poucos professores, talvez o único na Easton, que poderia ser considerado bonito sem ressalvas. Mais para jovem — o que, em se tratando do corpo docente do colégio, significava uma idade beirando os 40 —, o sujeito tinha um cabelo castanho-escuro que, nos seus dias mais rebeldes, chegava a bater abaixo da orelha e um sorriso fácil no rosto. Além disso, às sextas-feiras ele passava longe do barbeador.

E o visual de barba por fazer lhe caía muito bem. Mas o que lhe caía melhor ainda era a humanidade palpitante. Uma qualidade rara entre os adultos deste lugar.

— Ah, Srta. Brennan! — saudou ele, quando me viu estender a oferenda. — Estou ansioso para ler suas reflexões — comentou, ticando meu nome na pauta.

Reagi com um olhar surpreso.

— Tuuudo bem.

— Qual é o espanto? Qualquer aluno transferido que conquiste as Supremas duas vezes no primeiro ano aqui vira assunto certo na sala dos professores — disse ele. — Agora resta torcer para você se manter à altura da fama que construiu.

— Obrigada. Acho.

E girei o corpo, o coração palpitando de nervoso. Isso queria dizer que era para eu ficar empolgada com a boa fama ou apavorada porque jamais seria capaz de me provar à altura dela? Um pressentimento me fazia apostar na segunda opção.

Estava prestes a voltar ao meu lugar quando reparei que três alunas ainda não haviam se levantado. Constance remexia a bolsa num frenesi de pânico. Lorna havia tirado todos os livros da mochila e folheava um por um. Sabine simplesmente estava sentada na sua cadeira, o olhar fixado estoicamente à frente.

— O que está acontecendo? — sussurrei para Sabine, enquanto me esgueirava de volta para a carteira atrás da dela.

— Meu trabalho sumiu — falou ela.

Não movia um músculo. Só mantinha o olhar fixo à frente.

— Como assim, sumiu?

— Eu o imprimi na biblioteca ontem à noite e o guardei dentro da bolsa. E agora ele não está ali — respondeu, sem inflexão.

Olhei para Constance, que continuava a remexer a bolsa e agora parecia à beira das lágrimas. Na frente da sala, Astrid estava entregando calmamente seu trabalho. Assim como Kiki fizera. Missy não estava inscrita nessa matéria, mas algo me dizia que, se estivesse, seu trabalho também teria sido entregue.

— Muito bem... — O Sr. Winslow correu o dedo pela pauta. — Ainda estão faltando três trabalhos. Srta. DuLac? Srta. Gross? Srta. Talbot? O que têm a me apresentar?

Ele ergueu os olhos com ar de expectativa e foi recebido por três expressões de completo horror. Sua alegria desapareceu do rosto.

— Senhoritas? — insistiu, dando a volta na mesa.

— Ele estava na minha bolsa hoje cedo — disse Constance, quase choramingando. — Juro que estava. Posso correr até o alojamento e imprimir outra vez...

— Você conhece as regras, Constance. Se não traz o trabalho para a aula...

— O senhor não pode dar zero para todas nós — interveio Lorna, com um traço de pânico na voz. — Nós fizemos o trabalho.

— Podemos trazer novas cópias mais tarde.

— E seria justo fazer todo o resto da turma ter de cumprir o prazo, menos vocês? — indagou o Sr. Winslow, com uma expressão de pesar. — Sinto muito, mas terei de lhes dar nota zero por hoje. Se quiserem, podemos conversar depois sobre outro trabalho que possam fazer para compensá-la.

— Mas, Sr. Winslow...

— Sinto muito — reiterou ele, fazendo uma anotação na pauta. Em seu favor, preciso dizer que estava com um ar verdadeiramente consternado. — As regras existem, e eu preciso cumpri-las.

Quando girou o corpo na direção do quadro, alguns dos presentes soltaram risinhos espremidos. Sabine arrancou uma folha em branco do caderno e a esmagou na mão fechada. Meu coração ficou mareado. Eu simplesmente não podia acreditar que Cheyenne tivesse chegado a uma baixeza dessas. Roubar os trabalhos das garotas? Isso era imaturidade demais, até para alguém como ela.

— Se é esse o jogo que ela quer jogar, que seja — falei entre dentes, tanto para mim mesma quanto para Sabine ouvir. *Afinal, aprendi com as melhores.*

A ESCOLHA É SUA

— Estou me sentindo tão rebelde — brincou Tiffany, correndo os olhos pela mesa do refeitório. Ela ergueu a câmera e tirou uma foto de nós. — E a sensação é ótima.

Todos soltaram risos nervosos. Mesmo sabendo que era ridículo esse nervosismo. Mas eu entendia o que Tiffany estava querendo dizer. Nosso octeto — eu, Josh, Rose, Tiff, Trey, Constance, Sabine e Lorna — era a única presença no salão iluminado pelo sol. Eu tinha procurado um por um entre as aulas da manhã para apresentar meu plano, e todos tinham comparecido na hora marcada. Constance e Lorna tinham se mostrado reticentes no início, mas bastou seduzi-las um pouquinho para que o ressentimento que nutriam por Cheyenne aflorasse. Lorna, em especial, andava cansada de ver Missy receber tratamento especial enquanto ela só era maltratada. Pelo visto, a garota não era assim tão desprovida de personalidade, afinal. Ela e Constance pareciam prontas para tomar uma atitude. Pelo menos essa era minha esperança. O cenário que estava prestes a se desenrolar por ali não seria para os fracos de coração.

Pouco a pouco, o pessoal foi chegando para o almoço. Dei uma mordida no sanduíche e esperei. Meu estômago não estava querendo comida no momento, mas precisava se alimentar mesmo assim. Não podíamos chamar atenção de jeito algum. Isso era crucial para o plano.

Então, Ivy Slade emergiu sozinha da fila do bufê, os olhos me encontrando no meio da multidão como pareciam fazer com alguma frequência ultimamente. Ela veio caminhando na nossa direção, me encarando ao passar.

— Oi, Ivy — falou Rose.

Meu coração falhou. A garota parou. O olhar passou de Rose para mim e voltou para Rose.

— Rose — cumprimentou ela.

E voltou a andar novamente.

— Tá, qual é a dessa menina, afinal? — perguntou Constance, inclinando o corpo por cima da mesa. — Que figura esquisita!

— Esquisita nada. Ela é completamente normal — interveio Rose.

Vasculhei o refeitório com o olhar até cruzar de novo com o dela. Que continuava fixo em mim.

— "Completamente normal" não seria a definição mais exata, na minha opinião.

— Ela só passou por muita coisa na vida, é isso — falou Rose, sacudindo a cabeça enquanto mordia um naco da comida. — Nós já fomos amigas — acrescentou, com um ar ressentido.

Eu estava prestes a perguntar mais coisas, no entanto nesse momento Cheyenne, Vienna e Portia finalmente surgiram vindas do bufê, batendo papo como se estivesse tudo normal.

— O show vai começar — falei, à meia-voz.

Quando Cheyenne ergueu os olhos, ela tropeçou e precisou se apoiar numa cadeira para não cair. Ah, como eu queria vê-la estatelada no chão. Teria sido o toque final para deixar aquele momento ainda mais perfeito.

— Muito bem, pessoal, todo mundo agindo naturalmente — falei para a mesa.

Cheyenne iniciou a longa marcha até onde estávamos a bordo de seus saltos altos, a fúria evidenciada a cada passo que dava.

— E aí, cara, você acha que estamos prontos para o primeiro jogo da temporada? — perguntou Trey a Josh, dando uma mordida no pãozinho. — Ouvi dizer que a Barton conseguiu uns novos talentos que mandam muito bem.

— Que nada, nós estamos preparados — falou Josh. Ele se recostou, enganchando o braço por trás do encosto da cadeira. — Eles vão precisar de mais que uns calouros para nos derrotar.

— O *que* vocês pensam que estão fazendo? — vociferou Cheyenne, largando a bandeja na mesa ao lado com um estrondo para poder cruzar os braços. — Não tem lugar para elas aqui, achei que tivesse deixado isso bem claro.

E o olhar que lançou para Constance, Lorna e Sabine foi como se elas não passassem de três mosquitinhos.

— O refeitório é espaçoso, Cheyenne — respondi, bem tranquila. — Se nossa presença incomoda tanto, por que não se senta naquela mesa ali perto do banheiro? Acho que é a mais longe que vai conseguir encontrar.

— Esta mesa é nossa — falou Cheyenne. — O Billings sempre fica com esta mesa.

— E com a do lado também — observei, dando de ombros e jogando uma uva para dentro da boca. — Você pode sentar lá.

— Mas que garota ridí você é! — disse Portia, com uma risada. — Absurdamente ridí!

— Ninguém aqui está rindo — retruquei. — E ninguém vai se levantar desta mesa. Então, ou vocês passam o intervalo inteiro nos rondando ou sentam logo e acabam com isso. Podem escolher.

Cheyenne não se moveu de onde estava. Voltamos a nos concentrar na comida. Josh e Trey continuaram o papo casual sobre o time de futebol. Rose e Tiffany engrenaram uma conversa em voz alta sobre o fim de semana dos ex-alunos e o jantar no Driscoll. Pedi que Constance me passasse o sal. E Cheyenne ali, parada. Sem se mexer. Nem um músculo. Eu estava achando aquela persistência impressionante, para ser sincera. Mas não ia ceder de jeito algum.

— Cheyenne? Meus pés estão doendo — disse Vienna, por fim.

— Tudo bem — soltou a outra entre dentes. E deu meia-volta para puxar a cadeira atrás de Constance, fazendo o encosto bater contra o dela de propósito. Eu me contive para não intervir. Então, só de implicância, ela foi se sentar no lugar em frente ao meu, de onde podia me encarar diretamente. — Mas isso não vai acabar assim.

— Pois eu acho que já acabou — retruquei.

— É um absurdo mesmo — resmungou Portia ao sentar. — A pessoa espera três anos por um lugar na mesa para terminar transfer.

— Fale direito — vociferou Cheyenne.

— Transferida! Meu Deus, garota, dá um tempo — retrucou Portia, irritada.

Tapei a boca para não rir. E nessa hora avistei Kiki, Missy e Astrid saindo da fila com suas bandejas em punho. Era o momento de passar para a fase dois.

— Kiki! Meninas! Aqui! — gritei, me levantando. — Nós guardamos os lugares de vocês!

O trio se aproximou enquanto Josh e Trey, como havíamos combinado antes, se mudavam para uma das mesas do Ketlar.

— Valeu, meninos! — disse Rose para os dois.

A expressão no rosto de Cheyenne foi perfeita. Tiffany, sempre parceira, clicou uma foto para a posteridade. Kiki ocupou o lugar liberado por Trey e abriu sua lata de chá gelado. Astrid hesitou por uma fração de segundo, o olhar passando de Cheyenne para mim. Quando viu os rostos de Constance e das outras brilhando de expectativa, tomou a atitude que eu esperava que tomasse. Optando pela solidariedade com as novatas, ficou com o lugar de Josh.

Eu sabia que ela era uma garota legal. Eu sabia

— Obrigada, mas não precisava — desdenhou Missy, indo sentar-se com as outras.

Nenhuma surpresa nessa atitude. Havia um lugar vazio na ponta da mesa, mas ninguém esperava que ela fosse ocupá-lo de verdade. Corri o olhar em volta e dei um sorriso. Aquelas eram exatamente as garotas com quem eu desejava almoçar. Eram, na minha opinião, as verdadeiras Meninas do Billings. O segundo round chegava ao fim.

UMA PESSOA

Eu ainda estava caminhando nas nuvens quando contornei as estantes de livros que rodeavam as mesas dos computadores na biblioteca, nessa mesma tarde, e tudo foi arruinado. Meus músculos congelaram. Josh e Cheyenne. Josh e Cheyenne sentados juntos, joelho com joelho, cochichando e rindo e gesticulando. Parecendo, para roubar a expressão de Sabine, íntimos. Cheyenne afastou uma mecha do cabelo louro do rosto e abriu um sorriso de comercial de pasta de dentes que, de algum jeito, conseguiu deixar sua beleza tipicamente americana ainda mais ofuscante que de hábito, bem na cara do meu namorado.

— Oi? — Eu me ouvi articular.

Josh voltou o rosto por cima do ombro. De cara no chão, ele imediatamente empurrou a cadeira para longe de Cheyenne. Ela simplesmente abriu um sorrisinho cínico enquanto eu me aproximava.

— O que está acontecendo? — perguntei, sucinta, olhando diretamente para ele. Não queria nada com ela.

— Nós só estávamos discutindo os detalhes do comitê da comida — respondeu ele, conseguindo, de algum jeito, me olhar nos olhos. — Tentando decidir se é melhor só passar as bandejas com canapés ou montar mesas com as entradas na hora do coquetel.

— E eu ainda acho que essas mesas de entradas são deselegantes demais — falou Cheyenne.

— E eu ainda acho que, para um bando de caras famintos, o que vai importar mesmo são os assados do prato principal — retrucou ele.

Aquilo era puro joguinho de sedução. Os dois estavam empenhados num joguinho de sedução ali, bem na minha cara.

— Você já pode ir, agora — falei para Cheyenne.

Josh tomou um susto.

— Reed...

Cheyenne estreitou os olhos na minha direção.

— Tudo bem. Eu de repente fiquei sem vontade de continuar aqui mesmo — falou ela. E, recolhendo os livros, se levantou. — Você liga pra mim mais tarde? — emendou, sorrindo para ele.

— Claro, pode deixar.

Precisei me esforçar para não esticar o pé e fazer a perua tropeçar quando passasse. Girei o corpo e encarei Josh com o coração martelando dentro do peito.

— O que foi isso? — inquiri.

Ele soltou um suspiro.

— Sei que você está querendo distância dela no momento, mas estamos trabalhando juntos no tal comitê. Não tive como escapar.

Deixando os livros caírem na mesa ao lado, eu me sentei.

— É mesmo? O papinho de vocês estava parecendo amigável demais para uma discussão sobre o jantar dos ex-alunos.

— Isto aqui é a biblioteca. Não dá para falar alto. Tivemos de sentar perto um do outro para conseguirmos nos ouvir. — Ele parou por um instante, estudando meu rosto. — Espere aí. Você não está... com ciúme dela, está? — Minha expressão deve ter dito tudo, porque ele começou a rir. — Não tem nada a ver! Que viagem! Achei que sua bronca era por causa da briga entre vocês duas. Mas eu, a fim da Cheyenne? De jeito nenhum.

Detestei o jeito como me senti nessa hora. Desconfiada e triste e, acima de tudo, imbecil por estar me sentindo desconfiada e triste. Cruzando os braços, fixei os olhos na insígnia da Easton que brilhava na tela do computador à minha frente.

— Não fui a única a reparar — falei, sem inflexão na voz.

— Ótimo. Quer dizer que agora as Meninas do Billings estão inventando mentiras pra alimentar as sessões de fofocas? — Ele pegou minha mão e deslizou a cadeira para mais perto. — Reed, eu escolhi você. Entendeu? Você é a minha namorada. E Cheyenne... ela nem faz o meu tipo.

— Se você está dizendo — respondi, evasiva, sem vontade de simplesmente engolir aquela história e deixar passar. Sem vontade de ser a garota que esquece aquilo que sabe que viu só para acreditar incondicionalmente no namorado.

— Caramba, seria melhor se você saísse do Billings. A convivência deixa qualquer uma paranoica — falou Josh.

— Eu já disse que não vou sair de lá.

— Por que não? Você não tem nada a ver com aquele lugar — insistiu ele.

— O que você quer insinuar com isso? — reclamei.

Ele endireitou as costas, parecendo confuso por um instante.

— Como, o que quero insinuar? Só estou dizendo que você é muito melhor que aquelas garotas. É mais inteligente, mais generosa... Melhor e ponto.

Meus ombros relaxaram um pouquinho.

— Cheyenne teria um ataque de proporções nucleares se ouvisse você falando assim.

— E está aí mais um motivo para cair fora daquele lugar — emendou Josh. — A última coisa que quero é ver vocês duas em guerra.

Nós duas. Não simplesmente eu. Nós duas. Ele estava preocupado com nós duas.

— Pode esquecer — falei, séria, cruzando os braços. — Não vou sair de lá. Prefiro ficar e tentar mudar o jeito como as coisas funcionam.

Josh deu um sorriso fofo e fez festinha na minha bochecha.

— Minha ativistazinha — provocou, e me beijou na testa. — Adoro esse seu jeito.

— E eu adoro quando você me trata como se eu fosse uma sobrinha pequena e adorável — resmunguei em resposta.

Josh mergulhou os olhos nos meus, inclinou o rosto e me abriu os lábios num beijo que estremeceu tudo dentro de mim. Que levou embora qualquer pensamento sobre Cheyenne e minhas desconfianças. O cara jamais conseguiria me beijar daquele jeito se estivesse a fim de outra, certo? Seria impossível. Quando ele enfim se afastou, eu estava tão aérea que caí para a frente e quase bati a testa na dele. Mas antes disso ele me agarrou pelos ombros, amparando meu peso.

— Assim está melhor?

— Muito — respondi, abrindo aos poucos os olhos.

— Ótimo. Agora preciso ir andando, porque o bibliotecário já começou a me olhar feio — disse Josh, mordendo o lábio. — Vejo você no jantar?

— Estarei lá — respondi.

Enquanto ele se apressava para fora da biblioteca, fui me sentindo desmoronar. Por algum motivo, a sensação era de desapontamento. Lerdeza. Cansaço. Com um suspiro, me voltei para o computador e abri o e-mail. Na caixa de entrada havia uma nova mensagem de Dash. Todos os pelos da minha nuca se arrepiaram, e o coração começou a martelar com força. Cliquei depressa em Abrir, como se estivesse sendo vigiada.

E aí, Reed?

Como está com as meninas novas?

Bem-vinda de volta

— Dash

Digitei rápido a resposta.

Oi, Dash

Estamos prestes a declarar guerra, se quer saber. Cheyenne quer expulsar três das seis que entraram, e nós meio que viramos rivais agora. Rose, Tiff e acho que algumas das outras estão comigo, mas meu medo é não conseguir deter os planos dela.

Algum conselho?

— Reed

Enviei a mensagem, voltei a me recostar na cadeira e, ainda nervosa, olhei de relance por cima do ombro. Não havia ninguém por perto fora o bibliotecário velhinho que, como sempre, estava debruçado em cima de um livro. O computador emitiu um bipe baixo, e meu coração deu um salto. Pelo visto Dash estava on-line, pois a resposta chegou na mesma hora. Com a mão trêmula, cliquei nela.

Reed,

Não se abale com isso. Se há uma pessoa na Easton que eu seria capaz de apostar que sempre vai estar do lado certo de qualquer história, essa pessoa é você. Não deixe Cheyenne convencê-la do contrário. Você manda bem. Vou ficar pensando em você, na torcida para tudo dar certo.

— Dash

Li o e-mail duas vezes. E depois uma terceira. Alguma coisa palpitou dentro do meu peito. Pela primeira vez no dia inteiro, me senti segura. E orgulhosa. Mal podia acreditar que era essa a visão que Dash McCafferty tinha de mim. E ele ainda dizia que ficaria pensando em mim. Pensando *em mim*... Um vermelhão subiu pelas minhas bochechas. Dash McCafferty estava em seu alojamento numa das melhores universidades do país pensando na insignificante Reed Brennan.

Uma pancada alta vinda do meio das estantes fez com que eu fechasse depressa a janela do programa de mensagens, morta de susto. Na mesma hora, pensei em Noelle. Em como ela ficaria furiosa se soubesse que Dash e eu estávamos mantendo contato. Se soubesse que os e-mails dele andavam me fazendo corar. E isso, obviamente, me levou a pensar em Josh. O que eu estava aprontando, afinal? Depois de acusar o cara de ter dado em cima de Cheyenne, estava ali fazendo praticamente a mesma coisa com Dash. Qual era o meu problema? Sufocada pela culpa, apaguei a mensagem e fugi.

COCHICHOS

Naquela noite no Billings, a pausa nos estudos foi brindada com a pizza ao estilo de Chicago que as amigas de Tiffany mandaram via FedEx, aquecida no micro-ondas clandestino que a garota mantinha no quarto, e com as garrafas de champanhe — ou "Dommy P's", como Portia dizia — enviadas pelo namorado magnata do petróleo de 23 anos para celebrar o início do último ano de colégio. E o clima era de tranquilidade, considerando que havia uma guerra em curso. Mesmo sabendo que não deveria confiar na trégua, eu quis fazer isso. Só para ter cinco segundos de normalidade. Assim, peguei uma fatia e fui me juntar às outras no salão, onde, pela vigésima quinta vez, *Batman Begins* rolava no DVD; ou, para ser mais exata, era acelerado e pausado em cada uma das cenas mais quentes envolvendo Christian Bale. Quando estava começando a me divertir com o programa, me dei conta da ausência de Sabine. Cheyenne e Vienna também não estavam à vista, mas esse não era meu foco de preocupação.

— Ei, você viu Sabine? — indaguei a Rose, que bebericava uma taça de champanhe.

— Deve estar lá em cima. — Foi a resposta. — *Uia*, sem camisa! — gritou em seguida, abanando a mão para a tela. — Alguém aperte o Pause!

Larguei a borda da pizza no prato de porcelana doado por alguma ex-moradora do alojamento e me encaminhei para as escadas. Sabine havia passado o dia todo muito calada. Torci para que não estivesse pensando em pedir transferência. Cheyenne ficaria insuportável se conseguisse uma vitória dessas. E, se havia uma coisa que eu aprendera sobre o Billings, era que aguentar firme é sempre a melhor opção. Ter sobrevivido a todos os testes e trotes inventados por Noelle era motivo de grande orgulho para mim. Eu não seria a pessoa que sou agora se não tivesse vivido tudo aquilo. E desejava o mesmo para Sabine. Queria que ela se transformasse numa pessoa capaz de enfrentar Cheyenne de peito aberto.

Além do mais, numa perspectiva egoísta, eu também não queria perder sua companhia. Tinha começado a me acostumar com a sensação de ter amigas de verdade por perto.

Abri a porta do nosso quarto, mas não havia ninguém ali. A luminária da cabeceira estava acesa, mas não se via nem sinal da garota. Então ouvi vozes no corredor. Vozes intensas, discutindo em tom baixo. Vinham do quarto de Cheyenne. Fui tomada pelo mesmo calafrio de apreensão que costumava sentir sempre que Noelle e Ariana estavam conversando a sós. Com a respiração suspensa, me aproximei na ponta dos pés.

Diante da porta de Cheyenne, parei e apurei bem os ouvidos.

— Não. Vou pegar. Pode deixar comigo — disse alguém, baixinho.

Não dava para distinguir quem estava falando, mas o tom de urgência era tanto que fez os pelos dos meus braços se arrepiarem. Pegar o quê? Deixar o que com quem? Então outra pessoa deu uma resposta num cochicho tão baixo que eu não compreendi nada. Droga. Eu teria de passar ao plano B. Com um giro de corpo, abri a porta preparada para soltar uma provocação qualquer. Mas, em vez disso, fiquei paralisada. Não era com Vienna que Cheyenne estava falando. Era com Sabine.

— O que está acontecendo aqui? — perguntei.

Havia roupas espalhadas em cima da cama e sandálias de salto anabela e botas pelo chão.

— Nada. — A voz de Sabine soou plácida como um lago.

— Estarei aqui — falou Cheyenne para ela, com um olhar significativo.

Sabine assentiu e passou por mim de olhos baixos. Eu a segui pelo corredor.

— Para onde você está indo?

— Cheyenne está precisando de um livro da biblioteca — disse Sabine. Estava com um brilho estranho nos olhos. — Preciso correr para buscar.

Ergui os olhos para a vidraça no final do corredor. Ali fora estava um breu, e as gotas de chuva martelavam como se fossem atravessar a janela a qualquer momento.

— Mas agora? — perguntei. E, olhando para Cheyenne, que aguardava sentada recatadamente na cama, os joelhos juntos e as mãos dobradas no colo, soltei: — Ela que vá buscar por si mesma.

— Reed, está tudo bem — falou Sabine entre dentes. Ela deu um passo mais para perto de mim e cochichou: — Na verdade, acho que ela está começando a me aceitar. Acabou de me dar uns conselhos sobre Gage e tudo. Prometeu me ajudar na história com ele, desde que eu continue seguindo suas regras.

— Ajudar na história com ele?! — Eu estava em choque. Pela maneira como o cara vinha agindo, bastaria Sabine guiar a mão dele para seu traseiro que a tal história estaria resolvida num instante. Isso até o final do dia, pelo menos, porque o interesse de Gage por qualquer pessoa provavelmente não duraria mais que esse tempo. Qualquer pessoa além de Ivy, melhor dizendo, se é que os boatos que corriam pela escola estavam corretos.

— Reed, sei que você não gosta dele, mas eu estou gos tando. Não consigo evitar. — A voz de Sabine parecia desesperada. — Agora, por favor, deixe-me ir.

Olhando nos olhos da garota, percebi que ela estava decidida. Cheyenne lançara mão da carta do amor não correspondido, e havia sido uma jogada perfeita.

— Você não precisa fazer isso, sabe — falei, mesmo ciente de que não teria efeito nenhum.

— Eu sei — respondeu ela.

E me lançou um olhar agradecido antes de seguir seu caminho. Voltei até a entrada do quarto de Cheyenne. Ela estava dobrando suas roupas e parou por um instante. Nossos olhares se encontraram no meio da vastidão de seus aposentos particulares. Os lábios dela se retorceram num esgar de superioridade.

— Então você vai "ajudá-la", é isso? — lancei.

Ela soltou um suspiro dramático.

— Essa sua empáfia já cansou.

— Por que está fazendo isso, Cheyenne? — insisti.

— Como parece que você não vai embora até conseguir o que está querendo, vamos direto ao que interessa — falou ela, dobrando um suéter por cima do braço. — A garota está caidinha, e você sabe que o amor sempre me comove. Além do mais, eu sei do que Gage gosta. Na intimidade, digo.

Meu Deus do Céu. Havia alguém na escola que aquelas duas criaturas não tivessem pegado?

— E? Você está pretendendo transformar Sabine numa cópia sua para atirá-la nas garras do lobo mau? — perguntei.

— Por que você vive achando que tudo que eu faço tem segundas intenções? — retrucou Cheyenne. — Pode ser que eu esteja começando a enxergar um certo potencial em Sabine. Pode ser que eu simplesmente queira vê-la feliz.

Sei, claro. E pode ser que eu seja a ganhadora do America's Next Top Model.

— Agora você já pode ir — arrematou Cheyenne, com um sorriso açucarado.

Eu a observei por um longo instante, tentando entender sua perspectiva. Queria penetrar naquele cérebro perturbado, enxergar os passos seguintes e entender onde estava o "X" da questão, mas nada me ocorria. Minha cabeça simplesmente não funcionava do mesmo jeito. E tudo que me restava fazer era sair de cena e aguardar.

A PRIMEIRA VEZ

Esperei atrás do tronco de um bordo gigantesco que havia na frente do Ketlar na manhã seguinte até avistar o momento em que o Sr. Cross, o inspetor velhinho do alojamento, saiu em passos lentos pela porta dos fundos, assoviando consigo mesmo. Um grupo de rapazes surgiu em seguida, e, assim que eles passaram pela soleira, eu me esgueirei para dentro e subi correndo as escadas até o quarto andar. O andar de Josh.

Eu precisava vê-lo. Imediatamente. Precisava beijá-lo e ter a garantia de que estava tudo bem entre nós. Desde que o flagrara conversando com Cheyenne no dia anterior, eu andava com uma incerteza incômoda dentro do peito. Somando isso à culpa por causa dos e-mails de Dash, minhas pernas agora literalmente tremiam. E eu não podia perambular toda trêmula e incomodada desse jeito pelo campus o ano inteiro, não faria nada bem aos meus nervos. Precisava ficar com Josh. Ficar com ele de verdade. Olhar nos olhos dele e falar o que estava sentindo. O que sentia lá no fundo do peito. Pela primeira vez. Isso faria tudo ficar bem.

Trey vinha saindo afobado do quarto quando cheguei. Bastou dar de cara comigo para abrir um sorriso de quem já tinha entendido a situação.

— Ele é todo seu — falou, segurando a porta.

Todo mundo praticamente vivia para burlar as regras na escola. Como a regra que deveria me impedir de entrar no quarto de um dos rapazes. Todo mundo mesmo, até um cara todo certinho como Trey.

— Valeu — falei num sussurro. E, me esgueirando para dentro, fechei a porta. Josh se voltou para me olhar, surpreso. Mas não tão surpreso quanto eu. Ele estava de pé perto da janela, recém-saído do chuveiro, vestindo só uma toalha enrolada na cintura. O peito liso parecia perfeito e brilhante, e os músculos dos braços saltavam, mais definidos do que eu conseguia me lembrar. Minha boca secou completamente.

— O que você está fazendo aqui? — perguntou ele num sorriso.

— Eu...

Espere aí. O que eu tinha ido fazer ali mesmo?

Isso não importava mais. Em menos de dois segundos, as mãos dele estavam nos meus cabelos, os lábios nos meus, e começamos a nos beijar e nos pegar e tropeçar e cair e deixar as coisas esquentarem demais, rápido demais.

— Espere! — consegui dizer, me afastando dele na cama desfeita.

Ele me soltou, os olhos a meio mastro.

— O que foi? Eu por acaso... Você... O quê?

Meu coração socava o peito com tanta força que achei que pudesse machucá-lo. Eu me levantei, deixando meu namorado seminu, confuso e provavelmente muito excitado sozinho na cama. Respira fundo, Reed. Respira fundo.

— Não foi pra isso que vim aqui — falei com firmeza, plantada bem no meio do quarto dele.

Josh se sentou com as pernas para fora da cama e colocou as mãos no colo de um jeito estranho. Ergueu os olhos para mim e fez um esforço para se concentrar.

— Tudo bem. Por que você veio aqui, então?

Fitei a clareza daqueles olhos azuis. O peito ondulava enquanto ele tratava de controlar a respiração. Mas o foco estava todo em mim. No meu rosto. Esperando pacientemente. Eu era capaz de fazer isso. Era capaz. Porque era sincero. E porque eu confiava nele. Pouco importava o que aconteceria depois. Eu só queria que ele soubesse. Meus punhos fechados relaxaram. Inspirei uma lufada de ar. E, quando deixei o ar sair novamente abri a boca e falei:

— Josh, eu amo você.

O rosto dele se iluminou por inteiro. Ele ficou lá parado, os olhos mergulhados nos meus, com a expressão maravilhada de quem acaba de receber o presente mais incrível que já lhe deram na vida. E me beijou, mais devagar desta vez. Devagar, suave e profundamente, e, quando afastou o rosto, ficou com os braços agarrados a mim como se nunca mais fosse soltar.

— Eu também amo você.

Alívio. Mesmo já sabendo que era isso que ele ia dizer — que era o que vinha querendo dizer desde o momento em que eu quase fora embora de vez da Easton, meses atrás —, uma parte de mim continuava com medo. Com medo de que ele tivesse mudado de ideia. De que nunca tivesse sentido amor algum, para começo de conversa. Mas ele sentia. Ele ainda sentia.

— Você não faz ideia de há quanto tempo eu ando me segurando para não dizer isso a você — falou ele, num meio-sussurro. — Depois daquele dia em que você me impediu...

— Eu sei. Desculpe — falei. — Mas isso não tem mais importância. Agora você pode dizer sempre que quiser.

Josh deu um passo para trás, as sobrancelhas erguidas de um jeito adorável.

— É mesmo? Então posso dizer que amo você? Que eu amo, amo, amo você?

Caí na risada.

— Eu gosto do jeito como a frase soa na minha língua — disse ele, gesticulando com as mãos. Puxando uma camiseta do armário, ele a passou por cima da cabeça. — Eu amo você, amo, amo, amo você. Hah. Maneiro.

— Tá, mas não precisa gastar tudo no primeiro dia — preveni, me sentindo tão inebriada por dentro que era quase bom demais.

— Sei, sei. Você e suas regras.

Ele pegou uma cueca boxer de dentro da gaveta e a vestiu por baixo da toalha. Depois de fazer o mesmo com uma calça de veludo, dispensou a toalha de vez. Calçou um par de tênis de camurça e pegou a bolsa carteiro.

— Café da manhã, meu amor? — perguntou, abrindo a porta da frente do alojamento para mim.

— Por certo, meu amor — gracejei de volta.

Ele me beijou novamente quando passei, e caminhamos até o refeitório de mãos dadas e dedos entrelaçados. Se Cheyenne queria ou não ficar com ele, isso já não tinha mais a menor importância. Josh era meu. Ninguém conseguiria se meter entre nós dois.

FELICIDADE

— Onde anda Sabine? — me perguntou Trey, à mesa do café.

A cadeira dela, em frente à minha, estava ostensivamente desocupada. O sol que se derramava pela claraboia no teto projetava um raio de luz brilhante bem em cima do assento, como se quisesse destacar a ausência da garota.

— Ela ainda estava no chuveiro quando saí — respondi.

Josh tomou minha mão por baixo da mesa e a apertou. Dentro do peito, era como se meu coração estivesse fazendo evoluções nas barras assimétricas. Ele se inclinou para perto e sussurrou:

— Ei, eu já disse que amo você?

Arrepios por toda parte.

— É, acho que já ouvi isso em algum lugar.

Felicidade. Então era essa a sensação da felicidade.

Gage passou marchando com a bandeja em punho e os óculos de aviador cobrindo o rosto, e a visão dele não me irritou nem nada. Felicidade. Em seguida, Cheyenne levantou-se da mesa ao lado e deslizou na direção dele. E eu nem ligando. Não estava nem aí. Felicidade.

— Ga-age! Tenho uma surpresa para você! — cantarolou ela.

Ele a mediu de cima a baixo com o olhar.

— Figurinha repetida.

A garota conseguiu soltar um riso, como se não tivesse se ofendido.

— Não estava falando de mim. Fique parado aí por só... mais... um... instante.

E, como se a coisa toda tivesse sido ensaiada, Sabine emergiu da fila do bufê carregando uma bandeja cheia de comida. Mas não se parecia em nada com a garota tropical que eu conhecia. O figurino agora era de *periguete* escolar da Nova Inglaterra. Minissaia xadrez. Joelhos à mostra. Botas de salto alto. Camisa de botão branca, justa no corpo. Rabo de cavalo liso, escovado para trás. Ao contornar a primeira mesa, os pés desacostumados a usar saltos oscilaram ligeiramente, mas ela recobrou o equilíbrio com charme. E Gage nem reparou em nada, é claro. Ele estava praticamente com metade da língua de fora.

Então era isso que Cheyenne tinha em mente para ajudar Sabine. Transformá-la num *cosplay* de Pussycat Doll e largá-la à solta no campus. Meu ódio pela garota chegou ao nível máximo.

— É a Martinica em versão aluninha safada de colégio católico — comentou Gage, hipnotizado. — Curti.

Sabine esboçou um sorrisinho afetado — uma expressão que espelhava assustadoramente uma das máscaras sociais preferidas de Cheyenne — e abriu a boca para dizer algo que sem dúvida havia sido adestrado pela outra. E foi então que, de repente, tudo deu errado.

O pé que já vinha num passo incerto atingiu uma poça de água no piso e escorregou para a frente. Os olhos se arregalaram. Por um instante muito breve, cheguei a pensar que ela tivesse conseguido recuperar o equilíbrio, mas foi só impressão. Sabine voou para trás e foi bater em cheio com o traseiro e as costas no chão. A calcinha branca se revelou para quem quisesse ver. A bandeja alçou voo, jogando uma chuva de cereal e ovos mexidos na camisa impecavelmente branca. O rosto foi atingido por um jato de suco de laranja. Por um longo momento, ninguém se mexeu.

E então, as risadas.

Gage dobrou o corpo para a frente. Cheyenne quase ficou sem ar. O refeitório se transformou numa cacofonia de cacarejos. Quando me adiantei para ajudá-la, Sabine ergueu o corpo e olhou em volta, a angústia tomando conta do rosto. Ela puxou a saia para esconder a calcinha, as mãos sem soltar mais a barra do tecido. Eu nunca tinha visto uma pessoa parecer tão minúscula.

Pelo canto do olho, reparei quando Cheyenne estendeu a palma da mão para tocar a de Portia. Foi um movimento ínfimo. Se eu tivesse piscado os olhos, certamente não o teria flagrado. Mas não pisquei. Eu vi quando aconteceu. E soube na mesma hora. Ela havia derramado a tal água no chão do refeitório. Ela havia emprestado a Sabine, cujo guarda-roupa continha só rasteirinhas e chinelos de dedo, seu par de saltos mais altos. Ela havia orquestrado tudo. E minha fúria explodiu.

— Foi você que fez isso — disparei, trêmula.

— Não comece com a paranoia, Reed — retrucou Cheyenne. — O ar rarefeito daqui está afetando seu juízo.

Sabine finalmente conseguiu se levantar e sair correndo ainda em cima dos saltos, desajeitada, na direção da porta.

— Você vai se arrepender do dia em que me conheceu — prossegui.

— Não se esqueça de um detalhe, Reed — falou ela. — Foi você que começou isso. Você tomou a iniciativa naquele dia da votação. Tudo que acontecer daqui em diante vai ser culpa sua.

Tive vontade de socar a cara dela. De lhe dar uma rasteira bem dada, só para mostrar qual era a sensação de se estatelar no meio do refeitório. Mas ali não era o lugar para isso. E eu não tinha tempo. Precisava ir atrás de Sabine.

— Isso não acabou aqui, Cheyenne — prometi. — Não está nem perto de acabar ainda

PARALISADA

Sabine passou o dia na enfermaria da escola. Quando fui checar como ela estava, nem tive permissão para vê-la. Disseram que ela pedira para ficar sozinha. Depois do jantar, que aconteceu sem sua presença, Sabine havia voltado até o quarto, juntado os livros e, ignorando todas as minhas tentativas de contato, saído outra vez. Ela simplesmente baixou a cabeça e sumiu porta afora.

Agora o relógio marcava 22h17, e ainda não havia qualquer sinal de Sabine. A biblioteca tinha fechado 17 minutos antes. Onde a garota podia ter se metido?

Por favor, que ela não tenha ido pedir para sair do colégio. Que ela não dê essa felicidade a Cheyenne.

Inspirei fundo e lancei um olhar de relance para o celular. Josh também estava sumido. Eu detestava ser uma dessas garotas que ficam coladas ao telefone esperando o aparelho tocar, mas era exatamente isso que estava fazendo. Precisava falar com ele. Precisava desabafar sobre o episódio todo e ouvir suas ideias sensatas sobre qual poderia ser o paradeiro de Sabine. Josh sempre me ligava às dez. Todas as noites, antes de dormir. Mas, hoje, nada de telefonema. Nem mesmo depois de termos passado a manhã mais maravilhosa de todas desde o início do namoro. Com beijos que ainda me provocavam arrepios e ondas de calor quando eu me lembrava deles. Nada.

O mostrador passou para 22h18. Alguma coisa tinha de estar errada. Eu já estava estendendo a mão para o telefone quando a porta do quarto se abriu de repente.

— Reed!

— Meu Deus do Céu, vocês querem me matar de susto? — Eu estava rindo quando me virei para encarar Constance e Sabine. A alegria por ver que ela estava bem se dissolveu na mesma hora. As duas estavam com expressões de quem acabara de testemunhar um desastre de carro. — O que aconteceu?

Elas trocaram olhares de hesitação. Meu coração ribombou com mais força ainda.

— O que foi? — insisti, sentindo a garganta fechar.

— É o Josh. — O tom apologético na voz de Constance era tão acentuado que, por um instante, achei que ela pudesse ter feito alguma coisa com ele.

— O que tem Josh? — Fiquei de pé.

— Você precisa vir — falou Sabine, estendendo a mão para agarrar meu braço. — Venha conosco.

O medo se alastrou dentro de mim, enchendo todos os poros. Não conseguia me mexer.

— Para onde?

— Reed...

— Não vou a lugar algum se vocês não me contarem o que está acontecendo — insisti, firme. — Tratem de contar. Agora.

Outro olhar agourento pairou entre elas.

— Nós o vimos, Reed — falou, enfim, Sabine. — Com Cheyenne.

DIGNIDADE

Corri.

Corri tão depressa que meus pulmões começaram a arder e a visão ficou borrada. Corri tão depressa que não conseguia ouvir nada que não fosse o rugido do vento nos ouvidos. Corri tão depressa que acabei tropeçando numa das luminárias margeando a alameda, arranhei o joelho, a mão e o rosto na queda, só para me levantar e continuar correndo mais ainda.

Ele me ama. Isso não está acontecendo. Ele me ama. Ele me ama.

Sabine estava ao meu lado quando cheguei até as janelas altas do cemitério artístico. Constance havia ficado quilômetros para trás.

— Reed, primeiro respire um pouco — aconselhou ela. — Tente se acalmar.

— Não! Não! — respondi aos gritos.

Pouco me importava que alguém fosse ouvir. Pouco me importava que eu acabasse expulsa. Eu só queria ver. Precisava ver. Eu me esgueirei pelo meio das plantas até perto da vidraça. As venezianas estavam abertas, de modo que era fácil espiar por entre as frestas. Fechei os olhos. Fiz uma oração. Agarrei a cornija gelada de pedra com as pontas dos dedos. E espiei.

Uma coisa fria e gosmenta rastejou pela minha coluna. As bordas do campo de visão ficaram borradas e cinzentas. Dentro da luz tépida do cemitério artístico, nosso refúgio, o lugar onde Josh e eu havíamos partilhado tantos momentos roubados, tantos beijos roubados, tantos sussurros roubados, ele agora estava reclinado de costas no sofá de dois lugares com Cheyenne montada por cima do seu corpo.

Senti o vômito subindo bem a tempo de virar o rosto para longe de Sabine. O jorro foi lançado na cobertura de palha que protegia as raízes da vegetação. Lágrimas ardentes escorriam pelos cantos dos meus olhos, passando pelas laterais do nariz até a boca.

Mas ele me ama. Ele disse que me am...

— Reed, eu sinto tanto — disse Sabine.

— Não. — Eu me ouvi responder. — Não.

Limpei a boca com as costas da mão. E voltei a olhar. Josh estendeu a mão para enlaçar com carinho o pescoço de Cheyenne, os olhos cheios de adoração. A mão foi escorregando para afastar a blusa do ombro enquanto ela, muito vagarosamente, soltava os botões um a um.

— Não!

Era isso. Já bastava. Girei o corpo e empurrei Sabine, tirando-a do caminho. Escancarei a porta de entrada do Edifício Mitchell. Estava prestes a socar a porta do cemitério artístico quando me dei conta de que nem totalmente fechada ela estava. Usando as duas mãos, empurrei a porta. Que foi bater na parede com um estrondo. Um dos quadros caiu no chão. Cheyenne saltou num engasgo e endireitou a blusa para cobrir o ínfimo sutiã de renda. A saia estava jogada no chão, deixando à vista a bunda perfeitamente bronzeada emoldurada por uma tanga fio dental.

— Reed — falou Josh. — Reed, o que você...

— Cale a boca — interrompi, as lágrimas transbordando dos olhos. — Não quero falar com você. Não quero nem olhar na sua cara! — Num movimento rápido, limpei o rosto e segurei a respiração, não querendo dar a Cheyenne a satisfação de me ver naquele estado.

Josh ergueu o corpo para me encarar, apoiado nos cotovelos. A camiseta — a mesma que ele havia vestido na minha frente mais cedo — estava arregaçada até a altura do peito. O botão da calça estava aberto, e o zíper, abaixado. Senti a bile subir outra vez pela garganta e engoli de volta. Por que ele não tinha se sobressaltado como Cheyenne? Por que ainda não estava implorando por perdão? Será que cada instante da manhã de hoje tinha sido mentira? O relacionamento comigo era tão descartável assim para ele?

— Segura a onda, Reed — falou Cheyenne, ríspida, abotoando a blusa. — Sei que isso é difícil pra você, mas devia pelo menos tentar manter a dignidade.

E foi então que, finalmente, fui adiante. Foi então que a corda tênue dentro de mim se rompeu e dei o tapa mais forte que consegui em Cheyenne, bem no meio daquela carinha linda.

POR LIVRE E ESPONTÂNEA VONTADE

— Sua vadia falsa e descarada! — gritei, adentrando o Alojamento Billings com Constance e Sabine em meu encalço. Cheyenne corria à minha frente e disparou escada acima com seus saltos altos.

— Me deixa em paz, sua maluca! — berrou ela de volta.

Subi os degraus de dois em dois e fui atrás dela até o quarto. Todas as portas do corredor já estavam abertas. As garotas se amontoavam no vão de cada uma, de pijama, para acompanhar a briga.

— Reed, o que está acontecendo? — indagou Rose.

Como se eu pudesse parar para responder qualquer coisa agora. Antes havia uma certa loura que eu precisava estripar.

Ele tinha dito que me amava. Ele tinha dito que me amava. Mas ela aparecera para estragar tudo.

Cheyenne tentou bater a porta na minha cara, mas, espalmando a mão na madeira, forcei minha entrada no quarto.

— Sai daqui! — gritou ela, recuando na direção da janela.

— Só depois que você admitir que é uma falsa — falei.

— Você está louca, Reed. Você pirou de vez — disparou Cheyenne, soltando uma risada nervosa.

— Louca, eu? Eu sou a louca?! — explodi. — Foi você quem passou os dias tagarelando sobre a integridade e a imagem do Billings e sobre os laços de fraternidade para a vida toda enquanto aproveitava cada minuto do seu tempo livre pra seduzir meu namorado!

O arquejo e a agitação às minhas costas foram generalizados. Eu me virei para olhar. Cada uma das nossas companheiras de alojamento agora estava no vão da sua porta ou no meio do corredor.

— É isso mesmo, meninas! A honrada líder do alojamento estava montada em cima do meu namorado no sofá do cemitério artístico! — anunciei, sabendo que todas ficariam a par da história pela rede de fofocas mais cedo ou mais tarde, de qualquer forma. — Logo ela, que se acha no direito de decidir quem está ou não à altura do Billings. Quem tem as qualidades necessárias. Essa vadia traidora se acha no direito de passar lição de moral em todo mundo!

— Eu não fiz isso sozinha, Reed. Não precisei me atirar em cima dele nem nada — interveio Cheyenne. — Você mesma viu, Josh estava lá por livre e espontânea vontade. Aliás, foi ele que me convidou.

Enxerguei tudo preto à minha frente. Achei mesmo que estivesse a ponto de desmaiar. Quando girei o corpo para encará-la de volta, precisei me apoiar na sua penteadeira para controlar a tontura. Se Cheyenne tivesse ido até lá, era uma coisa. Se ao menos ela tivesse se aproveitado do fato de que Josh estava sozinho no cemitério artístico, como costumava ficar quase todas as noites, para chegar com seu visual loura-sexy-malhada e partir para cima do cara. Eu jamais ia perdoá-lo do mesmo jeito, mas poder jogar a culpa toda em Cheyenne teria sido mais fácil de alguma maneira.

— Mentira! Eu já tinha visto seu jeito. Tinha visto como você passava o tempo todo provocando o cara. Foi tudo armação sua.

— Ah, foi mesmo? Pois olhe só isso! — Cheyenne mergulhou a mão na bolsa Kate Spade e puxou o celular para jogá-lo na minha direção. — Dê uma olhadinha no primeiro SMS.

ñ dá + pra esperar. PRECISO de vc. já. me encontra no cemitério, dps da reunião do comitê.

Todo ódio que ainda havia dentro de mim explodiu nesse instante. Dei um impulso com a mão e arremessei o telefone contra a parede, esmigalhando-o em mil pedacinhos e fazendo um deles bater em cheio no rosto de Cheyenne. Com um gritinho, ela levou a mão à bochecha.

A Srta. Lattimer escolheu esse momento para entrar em cena.

— Meninas! — gritou ela. — Agora já chega!

O choque, o horror e a repulsa ficaram evidentes na expressão da nossa preceptora à medida que ela olhava ao redor. Cheyenne, com a roupa jogada às pressas de volta sobre o corpo. O chão coberto pelos cacos do celular. A máscara roxa de ódio que eu sabia que devia estar cobrindo meu rosto. A boca de Lattimer transformou-se numa linha estreita e tensa de determinação. Eu nunca tinha visto seu rosto com uma expressão tão sombria.

— Para o seu quarto, Srta. Brennan. Agora.

REFORÇOS

— Quem ela pensa que é? Acha que pode sair fazendo o que quer assim? Que pode sair *pegando* o que quiser? — resmungava eu sem parar, num grito sussurrado para mim mesma enquanto andava de um lado para o outro diante de Sabine. A garota estava sentada no meio da própria cama, os joelhos unidos, os olhos fixos em mim. Só eles se mexiam. Como se ela tivesse medo da reação que qualquer outro movimento pudesse causar em mim. Compreensivelmente, é claro. Meu ataque de fúria estava fora de controle. — Pegando *quem* quiser?

Minha voz descambou para um som rouco, e eu parei onde estava, levando a mão à boca enquanto as imagens voltavam aceleradas. A mão de Josh na pele nua de Cheyenne. O olhar de adoração que antes era reservado só para mim. Ele estava olhando para ela exatamente do mesmo jeito que olhara para mim mais cedo ao ouvir que eu o amava. *Exatamente* do mesmo jeito.

Minha outra mão segurou a barriga. Como ele foi capaz? Como conseguiu fazer aquilo comigo? Será que era por isso que ele queria tanto que eu desistisse do Billings, afinal? Para que não ficasse tão perto da outra? As chances de eu descobrir tudo seriam menores se passasse para outro alojamento, suponho. E, ai, meu Deus. Aquela noite. Aquela noite em que Cheyenne havia ficado fora até muito tarde e que eu tinha imaginado que ela estava com Sabine... Será que na verdade fora outro encontro com Josh? Eu me lembrava bem do ar exausto e impaciente dele no dia seguinte. Será que essa história já estava rolando a semana toda? Será que os dois tinham mentido para mim desde o começo? Eu me recusava a acreditar que Josh pudesse agir de um jeito tão manipulador. Não. Josh não. Não era possível.

Mas o fato é que eu também jamais teria suspeitado que o que estava acontecendo era possível. Nunca, nem em um milhão de anos.

— Ela passou de todos os limites — concordou Sabine. — E vocês duas eram amigas, não? Mesmo que tenham brigado algumas vezes este ano, isso não seria desculpa.

Respirei fundo para abrandar a náusea. Limpei uma lágrima que ainda restava debaixo do olho.

— "Passou dos limites" é pouco para aquela lá — soltei.

— Sabe que ela quer tirar você, Constance e Lorna do alojamento desde o começo, não é? Para ela pouco importa que vocês peçam transferência ou que sejam expulsas do colégio. As duas alternativas servem aos seus propósitos.

A boca de Sabine se abriu.

— Expulsas? Ela quer que sejamos expulsas? Meu pai seria capaz de me matar!

— Ela não está nem aí para isso. Desde que você fique de fora do Billings — resmunguei.

— Mas... mas eu não fiz nada para merecer isso — falou Sabine, ficando de pé. — Sempre cumpri todas as exigências dela. Fiz as tarefas... limpei o quarto... até roubei coisas e depois devolvi aos seus lugares. Não fiz nada de errado. É ela que vive manipulando todo mundo. Isso não é justo!

Eu me apoiei na escrivaninha e olhei pela vidraça para as luzes iluminando o pátio.

— Você tem razão. É Cheyenne que deveria ser expulsa do colégio, depois de tudo que aprontou.

Essas palavras ficaram suspensas no ar entre nós. Sabine estava mergulhada num silêncio completo. Sem mexer um músculo. Meu coração começou a bater com ânimo renovado. Cheyenne. Expulsa. Cheyenne. Expulsa.

Este ano era para ser perfeito. Novo em folha, sem eventos dramáticos. E estaria sendo exatamente assim, se não fosse por Cheyenne. Ela havia estragado tudo. Estragado o Billings. Estragado Josh. Estragado tudo. Olhei para Sabine. Os olhos dela estavam arregalados. Havíamos pensado a mesma coisa. Minha pele começou a formigar.

— E se ela fosse mesmo expulsa? — perguntei, lentamente.

— Então estaria tudo terminado, não? — arriscou Sabine, hesitante.

— Nossa, você consegue imaginar a paz que a gente teria por aqui sem a presença dela? — falei, olhando em volta. — Sem as torturas que ela impõe a vocês, novatas? Sem os pés batendo pelo corredor, os gritos e as ordens?

— Poderíamos voltar a ser só estudantes — disse Sabine, com ar desejoso. — Só estudantes normais.

A garota estava certa. Sem Cheyenne por perto, acabaria o estresse para as novatas do alojamento. Elas não teriam de enfrentar tudo que eu havia enfrentado no ano anterior. Eu tinha certeza de que, sem a liderança de Cheyenne, os trotes acabariam. Portia era autocentrada demais para se ocupar de algo assim, e Vienna e London certamente prefeririam gastar seu tempo se arrumando e indo a festas que tramando planinhos de humilhação. Sem Cheyenne, o Billings ficaria livre.

E eu adoraria olhar para a cara dela quando recebesse a notícia da expulsão. Adoraria mostrar de uma vez por todas que era melhor ela não se meter comigo. Que eu não me deixaria esfaquear pelas costas daquele jeito sem reagir.

Não conseguia acreditar que estava considerando seriamente essa possibilidade. Não conseguia acreditar que havia esse impulso dentro de mim. Mas voltei a pensar em Josh. No rosto dele. Nas mãos. Nos olhos. E soube que seria capaz de ir adiante, sim. E como seria!

— Você acha que a gente teria alguma chance de sucesso? — perguntei, baixinho.

Sabine mordeu o lábio.

— Eu não saberia nem por onde começar.

Eu me sentei na cadeira diante da escrivaninha, trêmula. A tela do computador estava escura, mas, só de olhar para ela, eu tive uma ideia. Ah, se Noelle estivesse aqui... Ela saberia exatamente como armar a vingança contra Cheyenne e saberia exatamente que pauzinhos mexer para conseguir seu intento. Mas eu não fazia ideia do paradeiro dela, nem de como poderia entrar em contato. Fazia tempo que os números de telefone e endereços de e-mail haviam sido trocados, como se fosse sua intenção cortar os laços com todos em volta. Cortar os laços comigo. Entretanto, algo me dizia que Noelle ia gostar de saber dessa história. Que teria vontade de ajudar. Ela, afinal, era quem mais se importava com os assuntos do Billings. E quem sempre tivera medo de descobrir qual seria o destino do alojamento caso Cheyenne assumisse a liderança.

Olhei para a tela do computador. Uma pessoa que eu conhecia talvez soubesse uma forma de entrar em contato com Noelle. Uma pessoa com quem eu andava "falando" quase todos os dias. Talvez finalmente tivesse chegado a hora de tocar no assunto que vinha tentando evitar esse tempo todo. Será que eu conseguiria fazer isso? E, se conseguisse e tivesse mesmo a ajuda dele, será que Noelle estaria disposta a me ajudar?

Com um toque na barra de espaço, o computador ganhou vida.

— O que você está fazendo? — perguntou Sabine.

Digitei o endereço de e-mail de Dash.

— Estou chamando reforços.

A mensagem foi digitada rapidamente, mas, no instante em que apertei o botão de Enviar, tive vontade de desistir dela. Meu peito se encheu de pavor. Onde eu estava com a cabeça? Eu não era Noelle. Isso tinha ficado bem claro ao longo das últimas semanas. Nunca seria capaz de provocar a expulsão de alguém do colégio. Nem mesmo se essa pessoa fosse Cheyenne. Eu não era do tipo que fazia armações. Não tinha esse traço na minha personalidade. Essa não era eu.

Além do mais, e se Dash nem respondesse minha mensagem? Nos nossos e-mails, jamais houvera qualquer menção a Noelle ou Josh. E se tocar no nome dela agora de alguma maneira fizesse o jogo que se estabelecera entre nós dois desandar? E se servisse para dar um toque de realidade à história toda? Eu acabara de fazer potencialmente a maior besteira da minha vida. Acabara de conseguir perder Josh e Dash num único dia terrível.

Fechando o computador com um clique, engoli em seco.

— É melhor a gente mudar de assunto — falei, sentindo a voz oca.

Sabine soltou um riso nervoso.

— É. Boa ideia.

Nós duas havíamos nos aproximado perigosamente do abismo. Agora estava na hora de recuar.

QUATRO HORAS ●

Passei a noite deitada na cama sem conseguir dormir, olhando para o teto do quarto. As imagens passavam e repassavam sem parar. As pernas nuas de Cheyenne. O peito de Josh. Cheyenne montada em cima dele. A mão no pescoço dela. No ombro. O olhar dele ao puxá-la para si. As mãos dela desabotoando a blusa devagar. O sutiã. O fio dental. A calça dele aberta...

Virando a cara para o travesseiro, soltei um gemido. Mais lágrimas se espremeram nos cantos dos olhos, molhando a fronha.

Como ele teve coragem de fazer isso comigo? Como?

Eu não estava conseguindo respirar. Ergui a cabeça, e meu coração parou na mesma hora. Luzes vermelhas e azuis piscavam contra a janela. Milhões de imagens em *flashback* se atropelaram na minha cabeça. Pulei da cama e afastei as cortinas.

Havia uma ambulância manobrando no círculo em frente aos alojamentos femininos. Eu a observei enquanto se dirigia para a extremidade dele. Na direção do segundo círculo. Dos alojamentos masculinos. Sem sirene. Sem alarde. Só o grito mudo das luzes.

Com a respiração suspensa, fiquei agarrada à cortina até que ela sumisse de vista. Então abri a janela e apurei os ouvidos. Distingui a batida distante de uma porta de carro fechando. O som de vozes trazidas pela noite cristalina. Depois, nada.

Meus olhos foram para o mostrador do relógio. Quatro horas até o café da manhã. Quatro horas para esperar e ficar imaginando o que poderia estar acontecendo.

A DOCE SABINE

Na manhã seguinte, eu estava louca para sair e descobrir o que tinha acontecido, mas precisava esperar Sabine. Depois de ter passado a noite daquele jeito, não tinha condições de atravessar o campus sozinha e enfrentar todas as línguas e olhares ferinos que me esperavam. Ela se vestiu o mais rápido que podia, e estávamos saindo do quarto quando escutamos Cheyenne guinchar. Depois do som de pés batendo no assoalho, em dois segundos ela surgiu metida no roupão cor-de-rosa e brandindo o que pareciam ser os restos dilacerados e manchados do figurino *periguete* envergado por Sabine na véspera.

— O que significa isto? — berrou para Sabine, avançando na nossa direção. Os trapos pendiam dos punhos fechados.

— Ah, isso. Tentei lavar tudo antes de devolver, como você tinha feito a gentileza de me emprestar suas roupas, mas a máquina da lavanderia ficou doida e destruiu as peças — respondeu ela, com um ar inocente.

Meu queixo caiu. Não. Ela não havia feito isso. A doce Sabine?

— A máquina de lavar fez isto? — retrucou Cheyenne, sarcástica. Ela desembolou a saia e a camisa. Cada peça estava retalhada em franjas estreitas. E as manchas no tecido não eram só de suco e ovos mexidos. Havia bolotas pretas por toda parte, como se a pobre criatura que as estivesse usando tivesse sido atropelada por um carro.

Sabine deu de ombros.

— Aquela máquina é muito velha.

— E você vai me dizer que ela também mastigou minhas botas? — esbravejou Cheyenne.

— Não — retrucou Sabine. — Isso foi obra do cachorro do zelador. Ele entrou na lavanderia e pegou as botas. E você sabe que nada detém um cachorro depois que ele crava os dentes numa peça de couro legítimo. Sinto muito. Vou devolver o valor de tudo, é claro.

Bufei uma risada.

— Acho que não vai ser necessário — falei, passando o braço pelo ombro de Sabine. — Porque, pelo visto, agora vocês duas estão quites.

Girei o corpo de Sabine, e nós duas caminhamos juntas na direção da porta.

— Essa valeu. Eu bem que estava precisando dar umas risadas para começar o dia de hoje — falei. — Mas tenho de dizer que não sabia que você era desse tipo.

— Nem eu — respondeu Sabine. — Acho que a presença dela desperta esse meu lado oculto.

NÃO ERA EU

Todos os músculos do meu corpo estavam duros de tensão enquanto me dirigia para o bufê do café. Ao contrário do planejado, na entrada do refeitório Sabine caiu fora para buscar uns papéis com seu orientador e me deixou sozinha para encarar aquele momento. Vulnerável. Era o primeiro dia de temperatura mais amena naquele ano, e eu não estava vestida de acordo. Nem tinha me dado ao trabalho de prestar atenção no clima, para falar a verdade. A brisa que passou pelas escadas me fez estremecer, arrepiando meus braços descobertos. Olhei em torno, buscando expressões preocupadas, sussurros, qualquer coisa que me desse uma pista sobre os acontecimentos da noite anterior. Mas tudo parecia normal. Era um alegre sábado de sol na Academia Easton.

— Reed!

Trey marchava acelerado vindo da direção do Ketlar, o rosto bonito crispado de preocupação. Parei. Isso não era um bom sinal.

— Você está bem? Já soube de Josh? — indagou.

— Já soube o quê?

Ele parou, confuso.

— De Josh. Ele foi levado para o hospital ontem à noite. Gage não ligou para você?

— Não.

Não, não, não.

— O que aconteceu? — soltei.

— Ele teve um ataque. Acordei no meio da noite do nada e vi o cara com meio corpo para fora da cama, tremendo feito doido. Tive de chamar a emergência — explicou Trey. — Desculpe contar assim, mas era para Gage ter...

A frase parou no meio quando um sedã preto — um dos carros oficiais da Easton, usados para transportar estudantes em visitas e buscar ex-alunos no aeroporto — despontou no alto da ladeira e parou no espaço entre os alojamentos. A porta se abriu, e Josh começou a sair muito devagar. Com os jeans amarrotados e o cabelo bagunçado, mas, fora isso, parecendo perfeitamente intacto. A onda de alívio que tomou conta de mim ao vê-lo foi interrompida no instante em que o olhar dele cruzou com o meu. E me fez lembrar na hora da angústia da noite anterior. Aí eu já não me importava mais. Não me importava se ele estava bem ou não. Eu só precisava cair fora dali. Girei o corpo e corri para a porta do refeitório, deixando Trey para trás.

— Reed! Espere! — gritou Josh.

Acelerei o passo.

— Reed! Por favor! Preciso falar com você!

A mão dele pousou no meu ombro. Dei um safanão, espantando-a dali com o braço num só movimento.

— Ai! Droga! — Ele agarrou o braço, o corpo curvado como se eu o tivesse levado a nocaute.

— Não temos mais nada para falar — falei entredentes.

Nossa, como ele estava pálido. Os olhos estavam vermelhos, injetados. Senti vontade de abraçá-lo. De perguntar o que tinha acontecido. Ele sentira muito medo? Eu só queria beijá-lo e...

Dar um tapa bem dado. Ou, melhor, um soco. Bem na barriga.

— Reed, eu tive uma convulsão ontem à noite — falou ele, um tom suplicante na voz.

— E daí? Quer que eu dê um beijinho para sarar? — cuspi, começando a me afastar outra vez.

— Não! Não foi isso que eu quis dizer! — retrucou Josh. — Por favor, Reed. Por favor, pare. Eu não... Não estou com forças para acompanhar seu passo.

Algo no tom de voz dele me deteve. Um traço patético qualquer que, por algum motivo, meu coração não conseguiu ignorar. Quando voltei a olhar, ele estava se sentando num dos bancos de pedra do pátio. Devagar. Com cuidado. Como se cada osso do corpo estivesse doendo.

— O que deu em você? — perguntei, agressiva.

— Foi o ataque — explicou ele. — Os músculos estão muito doloridos. E acho que essa corrida para alcançar você terminou de me matar.

O esgar/sorriso que ele me lançou encheu meus olhos de lágrimas. Por que ele estava fazendo isso? O cara esperava mesmo jogar com a compaixão para que eu esquecesse o que ele havia aprontado?

— Sobre ontem à noite — começou Josh.

— Não quero falar de ontem à noite — intervim.

— Bem, mas eu quero — disparou ele.

Disparou. Contra mim. Como se fosse eu que tivesse sido flagrada com o corpo por baixo de Cheyenne Martin.

— Eu estava drogado, Reed. Não sabia nem o que estava fazendo ali — falou, as palavras saindo aos borbotões. — Eu estava no cemitério artístico quando, de repente, ela apareceu, depois você chegou, e... eu não me lembro direito de nada. Estava numa viagem braba. Você precisa acreditar em mim. Eu jamais faria uma coisa daquelas com você. Sabe que não. Eu nem...

— Pare — interrompi. Meus olhos estavam transbordando. Cada grupinho que passava por nós no pátio lançava olhares curiosos. — Pare de mentir para mim.

— Não estou mentindo! — gritou Josh. — Estou explicando! Alguém misturou alguma coisa nos meus remédios de ontem. Sempre paro no começo da semana para separar os comprimidos que vou precisar a cada dia. Ontem simplesmente joguei a dose do dia na mão e mandei para dentro sem pensar. Você já me viu fazer isso um monte de vezes, não viu?

Por que eu continuava ali parada escutando? Por quê?

— Não viu? — insistiu ele.

Consegui mexer a cabeça, assentindo.

— Pois bem, pouco antes de jogá-los na boca, reparei numa coisa. Num comprimidinho branco pontilhado de azul. Que não era um dos meus. Mas, quando vi, já era tarde demais — falou ele, com os olhos suplicantes. — Acabei dizendo a mim mesmo que devia ter imaginado coisas, mas agora sei que não foi imaginação. Só podia ser algum tipo de Boa Noite Cinderela ou coisa parecida. É a única explicação.

— Não é a única — murmurei.

— Por que outro motivo eu teria tido a convulsão de ontem? — insistiu Josh. — Esses ataques estavam sob controle há anos. Eles só apareciam se por acaso eu tomasse alguma coisa a mais ou se exagerasse na bebida. Só se eu mexesse na química do meu organismo de algum jeito. Faz todo o sentido. O tal treco que me fizeram tomar... mexeu com a química e provocou a convulsão.

Eu o encarei por um instante. Olhei dentro dos olhos azuis cheios de esperança. Olhei para o rosto lívido.

— Alguém aprontou pra mim, Reed. Pra nós — disse ele. — Eu jamais magoaria você por vontade própria. Você é tudo pra mim, não entendeu ainda? Tudo mesmo.

Meus dentes se apertaram com tanta força que a têmpora começou a latejar.

— Então, o que foi aquele SMS para ela? — perguntei, impassível.

Josh piscou os olhos.

— O quê?

— Que SMS foi aquele para Cheyenne? Você a convidou para ir até lá, Josh! Disse que não conseguia mais esperar. Que *precisava* dela! — gritei. — Se foi tudo uma armação mesmo, como você explica essa parte?

Um grupo de calouros parou para assistir à cena. Eu estava pouco me importando. Eles que vissem logo o que acontece quando você resolve gostar de alguém. E que aprendessem a lição. Pelo menos assim a bosta da minha vida teria alguma utilidade.

— Reed, não faço ideia do que você está falando — falou Josh.

— Pare com essas mentiras! — Eu estava praticamente aos berros. — Eu vi a mensagem no celular! Ela me mostrou! E foi enviada do seu número. Você a chamou para ir até lá!

— Não fui eu, não fui eu — dizia Josh sem parar, sacudindo a cabeça. Espremendo os olhos. Como se estivesse tentando se lembrar. — Fomos a uma reunião no Mitchell para discutir o lance do jantar no Driscoll. E, depois que acabou, fui para o cemitério artístico. Ela me seguiu até lá. Ela me seguiu...

— Chega, por favor — falei, as lágrimas escorrendo pelo rosto. — Não consigo mais ficar aqui escutando isso.

Girei, envolvendo o corpo com os braços, e me afastei. Ele se levantou do banco, mas contraiu o corpo e não deu nem um passo.

— Reed, por favor, não vá. Não era eu. Eu não sabia o que estava fazendo — suplicou ele. — Eu amo você, Reed! Sabe que é verdade!

Meu coração se partiu ao meio. Hoje, essas palavras soavam como uma piada de mau gosto. Uma tortura. Ele continuou me chamando, mas não olhei para trás. Jamais voltaria a olhar para trás.

COM AS MELHORES

Eu me sentei na cama no instante em que a porta da frente do Billings bateu com um estrondo. A primeira coisa que notei foi que Sabine não estava na cama dela. A segunda foi a hora que o relógio marcava: 1h04 da madrugada. Então ouvi a voz gélida do Sr. White lá embaixo no vestíbulo. O som se propaga com facilidade através de paredes velhas e decrépitas como as do alojamento. Principalmente quando ninguém parece estar se esforçando para ser discreto.

— Para a cama — falou ele. — Agora.

— Droga — reagi baixinho, jogando os lençóis para o lado.

As passadas múltiplas nos degraus me informaram que Sabine não estava sozinha. Quando a porta se abriu, Constance e Lorna surgiram com ela. As cabeças curvadas para o chão.

— Mas o que foi que...

Não tive a chance de terminar a frase.

— Mas o que foi que aconteceu? — bradou Cheyenne, adentrando o quarto com nada além de uma camisola rosa-shocking bem curta sobre o corpo. Atrás dela, vinham London, Vienna, Portia, Rose, Tiffany, Missy e Astrid. Eu não havia trocado uma palavra com a garota o dia todo, e uma parte de mim sentiu um ímpeto de agarrá-la pela gola e atirá-la para fora do quarto.

— Ninguém convidou você para entrar aqui — cuspi. Ninguém olhou para minha cara.

— Fomos pegas — falou Constance, enquanto se livrava da jaqueta.

— Como é? — espantou-se Cheyenne num sussurro guinchado.

— Ah, mas que mara! — deixou escapar Portia, levando a mão ao pingente do B. — Eu sabia que isso ia acabar acontecendo!

— Pegas fazendo o quê? — quis saber, com o coração aos pulos.

— Elas receberam a missão de roubar o gabarito de um teste — explicou Portia.

— E vocês foram expulsas? — inquiriu Cheyenne, dirigindo-se às três. O brilho de esperança nos olhos dela era indisfarçável.

— Não — respondeu Sabine, amarga, sabendo muito bem que a outra queria vê-la pelas costas. — Fomos flagradas ainda no pátio. Lorna disse que tínhamos saído para uma caminhada noturna, e ninguém tinha provas do contrário Só recebemos uma advertência.

— Valeu pela rapidez de raciocínio, Lorna — elogiou Tiffany, arrancando um sorriso raro, ainda que meio fraco, da garota.

— Advertência? — indagou Rose. — Mas o que isso quer dizer, exatamente?

— O Sr. White falou que, se qualquer uma de nós cometer qualquer infração que seja de agora em diante, seremos expulsas — esclareceu Constance. Pela cara dela, parecia que estava vendo as cenas da sua vida passarem em *flashback* diante dos olhos.

— Inacreditável — falou Cheyenne, jogando as mãos para o alto. — Vocês sabiam que nos mais de oitenta anos de história do Alojamento Billings, nenhuma novata jamais foi pega enquanto cumpria essa missão? É a maior moleza!

Cale essa boca, sua vadia traidora. Cale a boca, cale a boca, cale a boca!

— Jamais me deixaria flagrar assim — desdenhou Missy.

Eu a encarei. Cada centímetro da minha pele começou a formigar. A garota estava no meio do meu quarto com uma calça de pijama de seda e uma camisetinha justa. Astrid também vestia uma samba-canção de seda. Kiki nem estava presente, provavelmente ainda adormecida. Mas Constance, Sabine e Lorna tinham se vestido de preto da cabeça aos pés.

— E por que você não foi pega? — inquiri.

— Como é? — reagiu Missy.

— Por que você não estava lá fora com elas? — perguntei, dirigindo em seguida meu olhar para Cheyenne. Precisei de um esforço para conseguir fazer isso sem ter ânsia de vômito, mas me obriguei a aguentar firme. — Se todas as Meninas do

Billings cumpriram essa missão desde o início dos tempos, por que Missy, Astrid e Kiki não estavam lá fora tentando cumpri-la também?

Cheyenne resolveu zombar.

— Não teria sido muito inteligente mandar um batalhão de seis garotas atravessar o campus no meio da noite, teria? — falou ela, puxando mechas do próprio cabelo. — As outras estavam programadas para ir amanhã à noite. Isso se agora não estivesse tudo *arruinado* de vez — acrescentou, lançando um olhar de desagrado para o trio de preto. — Valeu por estragarem a missão de todas as outras.

Sabine, Lorna e Constance ficaram olhando os próprios pés, como se fossem criancinhas flagradas tentando assaltar o vidro de biscoitos. Uma cena degradante. Humilhante mesmo. E algo pelo qual aquelas três definitivamente não mereciam passar.

Você manda bem, pensei, ouvindo as palavras de Dash ecoarem na minha cabeça.

— Muito bem, agora chega — declarei. — Cheyenne. Lá fora.

Não havia como me esquivar da situação. Nós duas vivíamos no mesmo alojamento. Ela andava torturando sistematicamente minhas amigas. Eu teria de lidar com a garota. Mas, se era para nós duas termos de interagir, seria de acordo com meus parâmetros.

— Como é? — disparou ela.

— Você, eu, vamos lá.

— De jeito algum. Não para você bancar a *Menina de Ouro* para cima de mim outra vez — falou ela, o rosto perdendo a cor.

218

— Não vou encostar um dedo em você, juro — falei, me postando no vão da porta. — Nós duas só precisamos ter uma conversinha.

Ela lançou um olhar para as amigas, como se quisesse garantir que teria o apoio delas, caso eu perdesse a linha, e passou se esquivando por mim para chegar ao corredor. Meus músculos se tensionaram com a proximidade do corpo dela, a cabeça invadida outra vez pelas imagens dela com Josh. Encaixei os punhos contraídos debaixo dos braços e girei o corpo para enfrentar Cheyenne. Ela instintivamente deu um passo atrás, na direção de seu quarto. Eu me segurei para não começar a rir do seu jeito amedrontado.

— Isso vai acabar agora mesmo — falei.

Ela riu. Bem alto. Provavelmente de puro alívio por eu não ter lhe acertado um soco na cara.

— Você perdeu o juízo.

— Não. Acho que estou no meu juízo perfeito pela primeira vez desde o começo do ano — retruquei. — Você vai parar de importunar aquelas garotas agora mesmo, se não quiser que eu procure o diretor para contar a ele quem está por trás dessa história toda. Contar que ela faz parte da história de fraternidade estudantil que você armou no alojamento e que ele tanto detesta.

Ela riu outra vez, até perceber a chama que cintilava no fundo dos meus olhos.

— Você não teria coragem.

— Ah, não? — zombei. — Depois de tudo que você fez comigo, acha mesmo que eu hesitaria um instante antes de cumprir essa ameaça?

Cheyenne parou para me avaliar. Eu praticamente conseguia ouvir as engrenagens rangendo dentro da sua cabeça.

— E eu contaria para todo mundo que foi você que dedurou — retrucou ela, erguendo o queixo. — E todas as moradoras do Billings saberiam que você traiu as próprias companheiras.

— Acho que, depois de ontem, não seria bem eu que seria chamada de traidora.

— Ah, seria, sim. As garotas daqui são excepcionalmente autocentradas, caso você ainda não tenha reparado. Elas começariam a ficar desconfiadas de você. Se foi capaz de me esfaquear pelas costas assim, quem seria a próxima da lista? — teorizou Cheyenne. — Aquele trio de fracassadas realmente importa mais para você que o Billings?

— Não — respondi com voz firme. — Mas elas importam mais para mim que você.

O queixo dela caiu de leve, e as bochechas ficaram vermelhas. Como exatamente essa declaração podia lhe soar surpreendente eu não fazia ideia, mas, pressentindo que atingira um ponto sensível, me aproximei ainda mais.

— Do resto das garotas eu cuido se e quando chegar o momento. Mas tenho certeza de que o diretor vai preferir extirpar um foco solitário dos problemas do Billings a ter de fechar o alojamento inteiro e depois explicar essa atitude ao prestigioso grupo de ex-ocupantes, você não acha?

Os olhos dela se arregalaram. Eu jamais tinha visto Cheyenne ficar sem palavras antes.

— Sei o quanto você ama este lugar — prossegui. — Sei como se sentiria tendo de se mudar para o Permberly junto com a plebe.

— Você não pode.

— Ah, e como posso. — Eu me senti forte quando a mirei de cima a baixo. Segura. Eu mandava bem. Estava no comando. — Não me provoque, Cheyenne. Aprendi com as melhores.

E, dizendo isso, me virei para voltar ao quarto e bati a porta na cara dela. Finalmente, conseguira ter a última palavra.

ADEQUADAS

Entre as aulas de biologia e química, recebi uma mensagem de texto de Rose me pedindo que voltasse direto ao Billings depois do treino de futebol porque teríamos uma reunião. Em campo, errei todos os passes, chutei bolas para fora e me estatelei no chão várias vezes. A cabeça estava longe dali. Pensando em Josh. Em Cheyenne. Na traição terrível que os dois haviam me aprontado. E na tal reunião que tinha sido marcada. Qual seria a pauta em questão? Eu não conseguia sequer imaginar, mas, por conta do meu estado de espírito no momento, a aposta era que não podia ser nada de bom.

— Como você está se recuperando? — perguntou Astrid, enquanto descíamos da área dos campos na direção dos prédios da escola.

A abordagem fez meus punhos se crisparem. Afinal, ela era uma aliada do inimigo. Por que tinha decidido me perguntar aquilo? Para passar o relatório a Cheyenne depois?

— Estou legal — respondi, seca.

— Reed, eu não estou do lado dela — falou Astrid, interrompendo a caminhada.

Precisei dar mais uns passos até conseguir parar. Segurei a respiração para encará-la, mas não fazia ideia do que dizer em resposta.

— Aliás, acho que Cheyenne foi uma vaca por agir daquele jeito — continuou ela, prendendo a bola de futebol debaixo do braço. — Nós duas jamais fomos amigas de fato, só tínhamos contato por conta da proximidade entre nossas famílias, e agora tenho certeza de que nunca vamos ser.

Meu coração ficou mole, aquecido, desconfiado, tudo ao mesmo tempo.

— Não sei o que dizer.

— Entendo que você não confie em mim, mas sei que um dia isso vai mudar — disse Astrid, tranquila. — Vou me infiltrando nas pessoas aos poucos.

Ela piscou um olho, e eu tive de rir.

— OK. Pode ser.

O celular dela emitiu um bipe, ela pescou o aparelho na sacola e soltou um gemido.

— Droga!

— O que foi? — perguntei.

— Mensagem da carrasca. Dizendo que as novatas devem dirigir-se imediatamente à biblioteca e aguardar novas instruções. E eu estava louca para tomar uma boa chuveirada antes...

Os pelos da minha nuca se eriçaram. O que podia estar acontecendo? Precisei me conter para não sair correndo na direção do Billings a fim de descobrir na mesma hora. Afinal, não queria que Astrid flagrasse minha falta de informação.

O que fiz, então, foi seguir caminhando com ela até a bifurcação na alameda e, em seguida, acelerei o passo na direção do alojamento.

Um burburinho vinha do salão. Tilintar de copos, risadinhas femininas, sonoplastia festiva em geral. Chegando lá, encontrei todas as minhas companheiras, tirando as seis novatas, batendo papo alegremente em torno de uma bandeja de limonada. Foi como desembarcar no Planeta Perua.

— Reed, até que enfim! — saudou Vienna. Ela se apressou em encher um dos copos de cristal com limonada e levantou-se para entregá-lo a mim. Tiffany registrou o momento com uma foto. — Agora podemos começar.

Pousei a sacola do futebol no chão.

— Começar o quê, exatamente?

— O planejamento da cerimônia de iniciação — falou Rose.

— Eu fico encarregada dos convites! — trinou London alegremente, abanando-se com um catálogo de amostras de papéis.

— Achei que a iniciação não fosse acontecer — falei. — O diretor não proibiu a coisa toda? — Como se isso fizesse alguma diferença a esta altura, mas ainda assim. Alguém tinha de ser a voz da razão.

— Há certas tradições que devemos honrar — interveio Cheyenne, contornando o sofá e o canapé para ficar na minha frente. Se ela havia se deixado intimidar por mim na noite anterior, não demonstrava nenhum vestígio disso agora. Foi impressionante a maneira como meu sangue ferveu só de olhar para a cara da garota. Para aquela carinha afetada e presunçosa. O dia todo, a cada vez que meus olhos batiam nela, eu só conseguia pensar no seu caso com Josh. Será que agora os dois estavam juntos, então? Como um casal? Ultimamente ele sempre se sentava à mesa do Ketlar, fugindo de nós duas como do diabo, mas quem poderia afirmar que os dois não andavam se encontrando secretamente? Quem saberia o que eles já não teriam aprontado juntos? Cheyenne havia acabado com a melhor parte da minha vida. Havia roubado meu namorado. E ainda tinha a audácia de ficar ali despejando aquele discurso ridículo sobre tradições.

— Tudo bem, Cheyenne, mas acho que isso não inclui tradições que podem nos fazer ser expulsas do colégio — retruquei, por fim.

Algumas garotas trocaram olhares entre si, como se não tivessem pensado nesse detalhe até então. Medi Cheyenne de cima a baixo, aprumando bem a postura. Não custava lhe dar um lembrete do que eu era capaz de fazer.

— Vejamos por esse lado, Reed — disse ela, juntando as mãos abertas. O olhar que me lançou foi de pena, como se estivesse falando com uma velhinha senil. — Como *você* se sentiria diante da perspectiva de ser privada da experiência da sua iniciação como Menina do Billings só porque um diretor novo decidiu aleatoriamente implicar com o alojamento?

Agora ela atingira um ponto sensível. Por mais estranha e assustadora e inesperada que tivesse sido minha iniciação, ela acabara se mostrando bem legal também. Porque, pela primeira vez desde a chegada à Easton, senti que me encaixava em algum lugar. Senti que me queriam ali. Mas, neste caso, havia o pequeno detalhe da votação: algumas das novatas deste ano tecnicamente não eram queridas de forma alguma.

— Só me responda uma coisa, então — falei. — Quem, exatamente, vai passar pela iniciação?

— Todas elas! — anunciou Rose alegremente.

— Verdade? — Eu estava espantada.

— Conversamos antes da sua chegada e decidimos que você tinha razão nesse ponto — explicou Cheyenne, mal conseguindo conter o azedume no olhar. — Nesse aspecto, não podemos ir contra o diretor-geral. E, afinal, as garotas não têm lepra, nem nada. São todas... adequadas.

— E, nas que por acaso não forem, nós daremos um jeito — completou London.

A tradução desse blá-blá-blá? Ponto para mim. Na noite anterior, Cheyenne vira nos meus olhos que eu não estava brincando. Reed Brennan havia conseguido realmente intimidar e dobrar a vontade de alguém. Meu coração inchou de orgulho. Foi por um triz que não saí fazendo a dancinha da vitória em volta da garota. Ela podia ter me roubado Josh, mas eu roubara seu orgulho. Não deixava de ser uma pequena conquista.

— Além do mais, não poderíamos passar o ano todo trabalhando para combater essas garotas. Temos outros assuntos mais urgentes a tratar. O cadastramento nas universidades, o calendário de eventos dos veteranos...

Ela me lançou um olhar que era quase uma provocação, e eu senti o vermelho tomar conta do rosto. Josh. Era nele que ela estava pensando. Estava zombando de mim por causa dele.

Cabeça fria, Reed. Não parta para cima dessa perua ainda. Ela está perdendo terreno para você, agora. Isso é só uma tentativa desesperada de evitar a humilhação total.

— Ótimo, fico feliz por vocês finalmente terem caído em si — falei. — Só não podemos deixar que o diretor fique sabendo disso.

— Mas isso é lógi! — exclamou Portia, revirando os grandes olhos castanhos.

Eu *adoraria* ser uma mosquinha para ver Portia numa entrevista de emprego. Falando sério. Não que a garota algum dia fosse precisar passar por isso na vida.

— E agora, ao trabalho — convocou Cheyenne. — Temos um grande evento para organizar, e o tempo é curto.

Eu ainda estava com vontade de esganar Cheyenne, era verdade, mas não consegui deixar de sorrir quando me juntei ao resto das Meninas do Billings. Eu tinha vencido. O Billings seria um lugar melhor graças a mim. Eu havia derrotado Cheyenne.

Ah, como queria que Noelle pudesse me ver agora!

FAMILIAR

Tiffany precisou correr para me alcançar a caminho da aula depois do almoço. Esmagada sob o peso do olhar que Josh manteve cravado em mim do outro lado do refeitório o tempo todo, agora eu só queria sair de lá o mais depressa possível. Passar por outro confronto dramático estava fora de questão. Já era a hora de pôr um ponto final naquela história. De esquecer aquilo de uma vez por todas.

— Reed! Reed, espere aí!

A voz dele. Acelerei o passo ainda mais.

— Menina, você devia transformar isso em modalidade olímpica — bufou Tiffany ao meu lado, quase sem fôlego.

— Reed! Por favor, não faça isso!

— Foi mal, Tiffany, mas preciso ir.

E comecei a correr. Sabia que devia estar fazendo papel de louca, com o cabelo esvoaçando em volta do rosto e a bolsa pesada batendo contra o quadril a cada passada, mas não me importava. Já havia chegado à metade das escadas do prédio das salas de aula quando ele me alcançou. Agarrou a manga da minha camiseta. Uma dupla de segundanistas que ia passando me lançou um olhar alarmado, e eu desviei os olhos.

— O que você quer, Josh?

Meu erro foi encará-lo. Nossa, que maravilhoso ele era! Ainda mais agora, que não era mais meu. Que eu não podia mais tocar nele. Nem beijá-lo. Esse era o cara que supostamente deveria estar morto para mim. Como ele podia continuar sendo tão lindo?

— Vamos conversar sobre isso — falou ele, ofegante. Cheio de desespero nos olhos. De súplica. — A gente não pode terminar desse jeito. Não pode.

Meu coração estava me sufocando. Eu precisava sair dali.

— Mas já terminou. Acabou. Você precisa me deixar em paz.

Eu jamais vira alguém com um ar tão arrasado. Talvez fosse tudo verdade, afinal. Talvez Josh tivesse mesmo sido dopado. Talvez a culpa não fosse dele...

Não. Não. Eu não ia enveredar por esse caminho. Não ia bancar a idiota. O sujeito partiu meu coração. Ninguém deveria merecer uma segunda chance depois de fazer isso. Não outra vez.

— Tenho de ir.

— Reed...

Tiffany chegou bem naquele instante, graças a Deus. Ela entrelaçou o braço no meu e mediu Josh de cima a baixo com o olhar.

— Nós já vamos indo.

Era disso que eu estava precisando. Girei o corpo e empurrei a porta. Mal conseguira dar dois passos trêmulos para além dela quando uma voz me deteve.

— Partindo corações outra vez, Brennan?

Era Ivy Slade. Parada atrás de nós, perto da porta, os braços magros cruzados sobre o peito magro. Com um ar divertido. Desafiador.

— Quem você pensa que é para falar desse jeito? Nem me conhece! — soltei, partindo direto para cima dela.

A tensão acumulada depois do confronto com Josh era tanta que eu quase agradeci a Ivy por ter me dado o pretexto para explodir. Mas a garota nem piscou.

— Ah, conheço, sim. Conheço você melhor do que pode imaginar.

Levei uns bons cinco segundos para conseguir processar o que ouvira. Quando a ficha finalmente caiu, Tiffany estava tentando me puxar para longe.

— Não ligue para ela, Reed. Não vai adiantar nada, mesmo.

Mas eu não podia sair desse jeito.

— Do que você está falando? — inquiri. — Quem foi que lhe contou sobre mim? Taylor? Você ainda mantém contato com Taylor Bell?

Os lábios finos se retorceram num sorriso.

— É isso mesmo, não é? Onde está Taylor? O que foi feito dela, afinal? — perguntei, me sentindo louca e fora de controle diante da calma absoluta com que a outra me encarava. — O que foi que ela lhe falou sobre mim?

— Essa é Reed — disse Ivy. — Sempre cheia de perguntas.

O vermelho borrou minha visão. Não acreditei que a garota ia ficar me provocando daquele jeito. Falando como se soubesse alguma coisa a meu respeito.

— E quem é *você*, afinal? — intimei.

Ela se limitou a sorrir e a passar ao largo de mim e de Tiffany para seguir lenta e indiferente o caminho pelo corredor; a me dar as costas, como se eu não fosse digna do seu tempo e atenção.

— Vaca — xingou Tiffany, à meia-voz.

Eu estava tremendo da cabeça aos pés.

— O que foi isso que acabou de acontecer? — perguntei.

— Qual é a dessa garota?

— Reed, respire — disse Tiffany.

E foi o que eu fiz. Abocanhei uma golfada de ar. Até esse instante, não tinha me dado conta de que já estava há um tempo sem fazer isso.

— Ótimo. Agora preste atenção — prosseguiu Tiffany, com os olhos castanhos bem sérios. — Não gaste nem mais um minuto do seu tempo pensando em Ivy Slade. Ela só está querendo jogar com você.

— Mas por quê?

— Porque é assim que ela age — soltou ela, lançando um olhar para as costas da outra no final do corredor. — É o *modus operandi* básico da pessoa.

Ivy parou diante da entrada de uma das salas, jogou as longas madeixas pretas para trás e abriu um sorriso de quem sabia mais do que revelara. Um calafrio percorreu minhas entranhas, e senti o medo apertando o coração. Praticamente despenquei num banco junto à parede.

— Reed? Tudo bem com você? — quis saber Tiffany.

— Tudo bem, sim. É que os últimos minutos foram meio intensos demais, só isso.

— Quer que eu chame a enfermeira? Que traga um copo d'água? — indagou ela.

A julgar por essa reação, minha aparência devia estar mesmo péssima. Inclinei o corpo para a frente e mergulhei a cabeça entre os joelhos. Estava tudo bem. Ou ia ficar bem. Eu só precisava deixar aquela sensação passar. Aquela sensação horripilantemente familiar.

Aquela sensação que não brotava em mim desde a última vez em que meus olhos haviam cruzado com os de Ariana Osgood.

SÓ UM ALOJAMENTO

— Qual é o problema? — indaguei a Sabine quando ela correu para me alcançar nos degraus da entrada da biblioteca, mais tarde naquele dia. O sol acabava de baixar no horizonte, e as luzinhas que margeavam as alamedas de pedra se acenderam, criando um brilho cálido e acolhedor. Era um lindo anoitecer tardio de verão. Ainda assim, eu estava ansiosa para entrar. Ao longo do dia, sempre que me vira a céu aberto, acabara me sentindo como uma gazela no meio do território dos leões, sempre com medo de que Josh surgisse do nada ou que Ivy aparecesse outra vez para fazer picadinho do que me restava de juízo. Só que Sabine estava parecendo ainda mais estressada que eu. — É Cheyenne? O que ela aprontou desta vez?

— Não, é que acabei de descobrir que vou precisar escolher uma modalidade esportiva. — Ela fez uma careta. Como se a ideia do esforço físico lhe parecesse repugnante.

— E não tem nada que você jogue? — perguntei, abrindo a porta para ela.

— Não exatamente. — Foi a resposta. — Um pouco de tênis, talvez, mas só na primavera. E vou ter de escolher alguma coisa já.

— Por que não se inscreve no time de futebol? — sugeri.

Sabine deu uma gargalhada.

— Ahn, porque não entendo nada de futebol, porque morro de medo de garotas enormes prontas para passarem por cima de quem estiver na frente...

Tive de rir.

— Bela descrição. Mas não é bem assim. Astrid está no time, e ela não faz muito o tipo atlético. Sempre sobram umas garotas que passam quase o tempo todo no banco de reservas. Você pode ser uma dessas.

— É, talvez... — O rosto recuperou um pouco do ânimo. — É, acho que vou pensar no caso. Valeu, Reed.

Sorri enquanto nos apossávamos de uma das mesas, a questão com Josh momentaneamente transformada num problema menor. Como era bom que Sabine tivesse escolhido a Easton dentre todas as escolas da Nova Inglaterra!

— Meninas, meninas!

Constance surgiu do meio das estantes com os cabelos eriçados e os olhos brilhantes, parecendo quase um personagem fofo e hiperacelerado saído de uma das produções da Disney.

— Olhem só o que eu recebi! — exclamou ela.

Sentando ao meu lado, ela puxou um cartãozinho marfim do meio das folhas do caderno. Sabine se recostou na cadeira sem mostrar grande interesse, mas eu quis pegar para ver melhor. Era um papel de gramatura encorpada, com poucas palavras impressas numa fonte rebuscada.

Constance Talbot
As Irmãs do Alojamento Billings
Solicitam Que As Honre Com Sua Presença
no Salão do Billings
às 22h
De Hoje
Use Apenas Roupas Brancas

— Seu convite também foi assim? — indagou ela, ofegante.
— Na verdade, meu convite parecia um quarto de alojamento semidesocupado. Você não lembra?
— Ah, é. Claro. Mas é isso, então, não é? A iniciação? — sussurrou Constance, correndo o olhar em volta. — Vamos ganhar os pingentes de diamante lá?

Sorri, feliz por pensar que toda a incerteza e a angústia que a atormentavam estavam prestes a acabar.

— Acho que você vai ter de comparecer para descobrir — falei, com um sorriso conspiratório.

Constance deu um risinho descontrolado, voltando a esconder o convite. Do outro lado da mesa, Sabine soltou um suspiro.

— O que há? — perguntei, tomada por uma desconfiança súbita. — Você recebeu o seu, não recebeu?

— Recebi, sim. Só não consigo entender — disse ela, irritada. — Não pedi para fazer parte de irmandade alguma. É só um alojamento, afinal. Um lugar para morar. Um lugar para onde me mandaram ir. E agora preciso passar por esse monte de testes e rituais para ser aceita no alojamento para onde fui mandada. Não me parece muito justo.

Constance e eu nos entreolhamos.

— Você não quer ser do Billings? — inquiriu Constance, pasma.

Sabine encolheu o ombro, e eu senti uma pontada estranha. Uma irritação por estar sendo rejeitada. Como era possível que alguém não quisesse ser uma Menina do Billings? Mas era preciso considerar que Sabine era uma forasteira, afinal. Ela não tivera a mensagem da superioridade do Billings martelada na sua mente desde o primeiro dia de aula, como eu. Ela nem conhecera Noelle, Ariana, Kiran e Taylor. Não tivera a chance de ver a verdadeira aura de sedução e poder que uma Menina do Billings podia emanar. A garota fora simplesmente atirada porta adentro aos pés de imitações baratas, como Cheyenne e Portia, e não enfrentara nada além de tortura e humilhações diárias desde então. Que motivos ela *teria* para admirar aquelas meninas — para nos admirar? Aos seus olhos, não passávamos de um bando de garotas aleatórias obrigando-a a se submeter a tarefas aleatórias para nossa aprovação.

— Sabine, você não precisa participar de nada se não quiser — falei. As palavras quase me queimaram a língua, como se fossem um sacrilégio, mas me obriguei a prosseguir.

— E certamente pode pedir transferência de lá. Deve haver algum outro quarto vago no campus.

Mesmo sabendo que eu detestaria, ah, como *detestaria*, ver Cheyenne levar a melhor.

— É, mas, nesse caso... — Ela desviou o olhar e brincou com a caneta na mão, como se estivesse constrangida com o que tinha a dizer.

— Nesse caso o quê? — encorajou Constance.

— Nesse caso, eu não teria você como companheira de quarto — disse ela, me encarando.

Agora a pontada era *de verdade*.

— Ei! — estrilou Constance, lançando um olhar emburrado para nós duas. — Eu me senti exatamente assim quando me separei dela no ano passado. Reed é, tipo, a *melhor* companheira de quarto do mundo.

Comecei a rir, sacudindo a cabeça. Aquelas duas eram ridículas, mas que coisa boa de ouvir!

— Não se preocupe, Sabine. As coisas vão melhorar. Depois de hoje à noite, tudo vai ficar *bem* melhor. Eu garanto.

Sabine assentiu com a cabeça, parecendo mais tranquila. E eu fiquei torcendo para que minha promessa não se revelasse mentirosa.

UM RITUAL NOVO

À noite, eu me postei entre Vienna e Rose usando minha saia preta básica e uma camiseta também preta de gola canoa, o cabelo preso para trás. Rose escolhera um pretinho básico simples, mas Vienna, como de hábito, estava transbordante dentro de um tomara que caia preto que poderia ter servido de fronha numa encarnação anterior. À nossa volta, as outras Meninas do Billings formavam um semicírculo, as chamas das finas velas pretas tremeluzindo à frente de cada uma. Todas menos Cheyenne, que assumira a posição de Noelle à frente do grupo. Os lábios curvados num permanente sorriso malicioso.

Passos rangidos soaram no alto das escadas. Minha pulsação começou a acelerar.

— Lá vamos nós — disse Rose, à meia-voz.

— Shhhh! — ralhou Cheyenne.

Rose revirou os olhos em resposta.

Por fim, London surgiu nos degraus envergando um modelito que era só ligeiramente mais recatado que o da outra

Cidade Gêmea presente. Muito devagar, ela veio conduzindo as seis novas Meninas do Billings até o centro do vestíbulo. Todas vendadas e de mãos dadas, em fila. Todas vestidas de branco, parecendo uma tira de bonecas de papel recém-recortadas. Quando London parou, elas foram esbarrando umas nas outras em sequência, de um jeito que até eu precisei me conter para não rir. A condutora do grupo deslizou para tomar seu lugar no semicírculo, ao lado de Vienna. A cabeça vendada de Constance se torceu de um lado para o outro, nervosa. Eu estava eufórica por ela, de verdade. Em poucos minutos, toda a sua incerteza chegaria ao fim. Eu mal podia esperar.

— Senhoritas. Hora de retirar as vendas — ordenou Cheyenne, baixando a voz para um tom que deveria soar imperioso. O resultado foi mais estridente que intimidador.

As meninas sacaram as vendas brancas dos rostos. Correram os olhos ao redor, confusas, piscando muito. O olhar de Constance pousou nas caixas de joias sobre o consolo da lareira, e eu vi quando ela precisou morder o lábio para conter o sorriso.

— Sejam todas bem-vindas a esta octogésima-quinta cerimônia de iniciação do Alojamento Billings — iniciou Cheyenne. — Cada uma das novatas, por favor, dê um passo à frente quando seu nome for chamado.

Eu sentia o calor da vela aquecendo meu rosto e ouvi quando alguém mais adiante xingou baixinho ao queimar o dedo em um pingo de cera quente. Era incrível, essa visão do ritual pelo outro lado. Tudo aquilo havia parecido tão misterioso e importante no ano anterior! Todas as garotas tão etéreas e intocáveis... E agora eu sabia que eram só um bando de estudantes estressadas com seus deveres de casa, preocupadas com o melhor modelo de sandália plataforma a escolher e ansiosas para saborear uma garrafa de champanhe escondida no quarto vizinho.

— Astrid Chou, um passo à frente — chamou Cheyenne.

Astrid se apresentou. Cheyenne entregou a ela uma vela apagada, que foi prontamente inclinada na direção da sua para receber a chama.

— Mulheres do Alojamento Billings, nós acolhemos Astrid Chou em nosso círculo? — entoou Cheyenne.

— Seja bem-vinda, Astrid, ao nosso círculo! — respondemos em coro.

O roteiro fora repassado por todas nós antes da cerimônia, mas de alguma maneira as palavras ainda soavam diferentes para mim. Diferentes do que haviam sido na minha iniciação. E havia muitas outras diferenças, de qualquer maneira. Na minha vez, eu estava sozinha. Sem a venda nos olhos, sem as roupas brancas. Eu chegara ali como uma substituta de última hora. E, para ser sincera, os detalhes daquele dia tão intenso até hoje continuavam muito turvos na minha memória.

Astrid estava sorrindo quando Portia pegou uma caixinha da pilha para revelar o *B* cravejado de diamantes que havia dentro dela. Radiante, ela tomou a caixa de joias na mão livre. Cheyenne pôs a mão no seu ombro, guiando-a para a extremidade do semicírculo. Ela agora estava do nosso lado. Era uma de nós.

— Um passo à frente, Melissa Thurber — falou Cheyenne.

O nariz de Missy estava tão empinado que provavelmente a garota seria capaz de farejar o café da manhã do dia seguinte. Passamos pelo ritual todo novamente.

— Mulheres do Alojamento Billings, nós acolhemos Melissa Thurber em nosso círculo?

— Seja bem-vinda, Melissa, ao nosso círculo!

Acho que minha voz não saiu tão alta dessa vez.

Missy recebeu o cordão com pingente e foi conduzida para ficar ao lado de Astrid. Passamos, então, à iniciação de Kiki. Ela comparecera usando o uniforme da equipe de tênis da Easton — provavelmente a única roupa branca que tinha no armário — e, depois da sua acolhida, chegou a vez de Sabine.

— Um passo à frente, Sabine DuLac — disse Cheyenne.

A chama da sua vela bruxuleou. Entre as sombras dançantes, eu poderia jurar ter vislumbrado um brilho malicioso em seu olhar. Meu coração falhou diante dessa visão, mas eu disse a mim mesma que estava imaginando coisas. Só podia estar.

— Mulheres do Alojamento Billings, nós acolhemos Sabine DuLac em nosso círculo? — indagou Cheyenne, voltando o olhar para nós.

— Seja bem-vinda, Sabine, ao nosso círculo!

Todo o oxigênio foi sugado para fora do recinto. Rose, Tiffany, London e eu fomos as únicas a entoar a resposta. O silêncio que engolfou o saguão foi tão absoluto que dava para ouvir os chiados das velas queimando. A pele de Sabine ganhou uma cor de cera à luz difusa das chamas.

— London! — ralhou Vienna entre dentes.

— Desculpe! Eu esqueci — sussurrou a outra de volta.

Cheguei a abrir a boca para falar, mas a movimentação repentina de Portia me fez calar de susto. Ela agarrou uma das caixinhas do consolo da lareira, abriu-a e a estendeu para Sabine. A mão dela estava trêmula ao tatear o interior do estojo. Não havia nada lá dentro.

— Um passo à frente, Constance Talbot! — falou Cheyenne, apressando a cerimônia.

— Esperem aí. — Eu me ouvi dizer.

Isso estava errado. Estava tudo errado. Constance parecia petrificada ao lado de Sabine. Petrificada, mas ainda esperançosa, de alguma maneira. Achei que Cheyenne realmente tivesse cedido. Achei que minha ameaça tivesse surtido efeito. Mas agora...

— Mulheres do Alojamento Billings, nós acolhemos Constance Talbot em nosso círculo? — perguntou Cheyenne.

Silêncio. Mortal.

— Bem-vinda, Constance, ao nosso círculo! — falei bem alto.

Constance recebeu a caixa vazia.

— Um passo à frente, Lorna Gross.

Lorna não se mexeu. A cabeça estava caída para a frente, já sacudida pelos soluços. Então era isso. Eu nunca vira uma crueldade tão grande. E não conseguia deixar de pensar que aquilo tudo era minha culpa. Culpa da minha ingenuidade por achar que conseguira dobrar alguém como Cheyenne. Onde eu estava com a cabeça? Justo a única pessoa na vida que havia conseguido se dar bem em cima de Noelle Lange. Uma única vez, era verdade, mas isso tinha de fato acontecido. Como pude achar que superaria uma criatura assim?

— Parem com isso! — gritei.

Saí da minha posição na fila para encarar Cheyenne, o corpo tremendo com uma fúria que mal conseguia conter.

— Reed, volte para seu lugar — ordenou ela.

— Sua vaca prepotente — vociferei, o maxilar trincado de raiva. — Não pode fazer isso com elas.

— Reed! Você está profanando uma tradição de séculos! — Cheyenne levou a mão ao peito, se fazendo de chocada.

— Sua tradição que se dane! — berrei. Depois de apagar a chama com um sopro, atirei minha vela aos pés da garota. Ela se partiu ao meio quando bateu no chão. — Não foi para *isto* que suas preciosas irmãs fundadoras criaram este lugar!

— Ah, essa não! Você não sabe nada sobre o Billings ou a história daqui — cuspiu Cheyenne. — Minha avó fez parte do Billings. Minha mãe também. E todas as amigas dela. E, se elas soubessem como você e o novo diretor estão tentando corromper este lugar, todas ficariam chocadas.

— Acho que elas se chocariam mais com você — devolvi.

— Agora chega. Cansei de bancar a boazinha — falou Cheyenne, vindo na minha direção. — Não há lugar para você aqui, Reed. Nem para você nem para esse monte de fracassadas.

— O quê? — disparei.

— Você sabe disso. Todas nós sabemos. Ninguém aqui votou pela sua permanência. Você era só uma diversãozinha pessoal que Ariana havia arrumado. Foi ela que passou por cima do alojamento inteiro para conseguir a expulsão de Leanne e fazer você ocupar o lugar dela, mas adivinhe só? A psicopata da Ariana não mora mais aqui: ela já era. E ninguém mais quer sua presença, querida.

Eu a encarei, sem conseguir encontrar palavras que expressassem a fúria que eu sentia.

— Não é nada disso.

— Ah, não?

Não era. Não podia ser. E, mesmo assim, ninguém se pronunciara em minha defesa. Sustentei o olhar de Cheyenne, desafiadora, torcendo para que alguém, qualquer pessoa, se adiantasse para me socorrer. E ninguém fez isso. Bem, elas que se danassem, então. Claro que todas haviam suportado os testes e tarefas mais ridículas para estarem ali, mas eu quase havia morrido na tentativa de garantir meu lugar. E nenhuma das presentes poderia dizer o mesmo. Eu era uma Menina do Billings mais que qualquer uma delas.

— Huh... Reed? — chamou Rose. — Cheyenne?

— O que é? — latimos nós duas juntas.

Ao girar o corpo para encará-la, nossos queixos caíram ao mesmo tempo também. De repente, vi por que nem mesmo minhas aliadas mais próximas tinham se pronunciado. Parados no vão da porta estavam o diretor Cromwell, seu capanga, o Sr. White, e a preceptora do alojamento, a Srta. Lattimer, com as mãos agarradas à gola alta da blusa. Ao registrar a presença das velas, dos trajes brancos e pretos e das vendas largadas no chão, a expressão do diretor se retorceu numa máscara de desagrado.

— Bem — disse ele, por fim. — Isto não é nada animador.

A MENTORA

O diretor Cromwell e eu nos encaramos por cima de sua escrivaninha ampla. O fogo crepitava na imensa lareira de pedra às minhas costas, fazendo com que a pele quase borbulhasse de calor. O relógio marcava meia-noite e vinte. Ele e o Sr. White já haviam detonado a maior parte das minhas companheiras de alojamento. Uma a uma, elas passaram por mim na antessala com a cabeça baixa, sem fazer contato visual. Nenhuma lançou qualquer olhar que fosse na minha direção ou na de Cheyenne, que continuava do outro lado da grossa porta de madeira. Esperando.

Se a intenção dele era me expulsar do colégio, eu preferia que fizesse isso logo de uma vez. O carimbo feito pelo calor na pele da minha nuca já devia ter se transformado em marca permanente, a essa altura.

O diretor remexeu o corpo, recostando-se na poltrona e levando um dos dedos ao rosto enquanto me lançava um olhar avaliador. Se a ideia era esperar até que eu cedesse e caísse no choro, o sujeito não sabia com quem estava lidando. Eu sentia o estômago se dobrar e redobrar sobre si mesmo num trabalho intrincado de origami interno, e estava precisando fazer xixi. As palmas da mão eram suor puro. A cabeça latejava. Os olhos estavam secos. Mas nada disso tinha importância. Eu já lera os títulos das 234 lombadas às costas de Cromwell e poderia começar a ler um por um outra vez. O diretor, como bom TOC que era, organizara os livros por ordem alfabética segundo os nomes dos autores. Impecavelmente. Como, aliás, era a arrumação do resto do escritório inteiro, todo em ângulos retos, vidro reluzente e madeira recém-polida.

Atrás de mim, o Sr. White pigarreou. O diretor ergueu os olhos. Ele aprumou as costas, voltando à posição original. As mãos foram entrelaçadas sobre o tampo da escrivaninha. A expressão era severa.

— O que estava acontecendo no Alojamento Billings mais cedo, Srta. Brennan? — perguntou ele, no característico tom autoritário de voz.

Esbocei um sorriso.

— O senhor se ocupou de 14 amigas minhas até agora. Certamente já deve ter tido essa informação.

As sobrancelhas dele se arquearam. Ops. Atrevida demais? Mas nós dois sabíamos que era uma piada. Era óbvio que alguém já abrira o bico antes mesmo de eu passar por aquela porta. Constance era uma que certamente não teria suportado a metade daquele clima tenso. Então, por que ele se dava ao trabalho de ir adiante com a farsa?

— Eu gostaria de ouvir a sua versão — disse ele.

— Não tenho nada a declarar — respondi.

Ele deixou escapar um suspiro.

— Escute, Srta. Brennan. Minha intenção aqui não é atrapalhar sua vida. Conheço sua história. Já li sua ficha. E não me pareceria razoável acreditar que uma bolsista vinda do interior da Pensilvânia fosse a mentora dessa tal fraternidade estudantil que vocês inventaram. Só quero tentar descobrir quem é a mentora. Se me disser isso, estará livre.

Quase engasguei com um riso reprimido. Ele estava mesmo tentando bancar o tira bom para cima de mim? E, o que era mais ridículo ainda, estava mesmo me dizendo que bastaria que eu entregasse justo a garota que eu mais queria ver expulsa do colégio para me ver livre de qualquer castigo? Era quase bom demais para ser verdade.

— Eu sei quem ela é, Srta. Brennan. A senhorita também sabe — prosseguiu ele. — Mas preciso que alguém me dê oficialmente essa informação para poder tomar alguma atitude a respeito.

Então estava nas minhas mãos. Nenhuma das outras havia entregado o nome dela. Era isso que ele estava querendo me dizer. Incrível. No fim, a história toda ficou mesmo entre mim e Cheyenne. E estava nas minhas mãos o poder de encerrar o caso ali, naquele instante. De me livrar da garota que havia roubado o amor da minha vida. De garantir que ela e Josh jamais se encontrassem novamente. Bem, talvez "jamais" fosse excesso de otimismo da minha parte, mas pelo menos garantir que eles não se veriam todos os dias. Eu tinha o poder de deixá-los fora do alcance dos amassos um do outro. Ah, como adoraria riscar do mapa qualquer chance de Cheyenne pôr as mãos em cima de Josh outra vez!

Porém, quanto mais eu pensava no assunto, mais um peso descia sobre os meus ombros. Por mais que detestasse a garota, por mais que ela tivesse se comportado de maneira desprezível e me enganado descaradamente, agora que chegara a hora da decisão, eu sabia que não seria capaz de entregar Cheyenne. Fazer isso seria assinar embaixo de tudo que ela dissera a meu respeito. Estaria provando que não era mesmo uma verdadeira Menina do Billings. Que sequer entendia o significado de ser uma. Eu podia não concordar com todas as opiniões de Cheyenne sobre as implicações de ser uma moradora do Billings, mas uma coisa era certa: Meninas do Billings sempre deviam proteger umas às outras. Mesmo quando sua vontade fosse fazer o oposto. Eu aprendera isso com Noelle. Entre tantas outras coisas. A única razão que teria para entregar Cheyenne ao diretor seria proteger minha própria pele, e algo me dizia que essa escolha não me levaria muito longe de qualquer maneira. Mas, se nos mantivéssemos unidas, o diretor não poderia fazer nada. Não haveria como ele expulsar 16 alunas de uma só vez sem enfrentar uma repercussão muito negativa entre os ex-alunos e junto à imprensa.

— Então, Srta. Brennan, o que vai ser? — indagou o diretor, parecendo muito seguro de si. — Vai me contar de quem foi a ideia de promover a tal iniciação?

Endireitei a postura, olhei bem dentro dos olhos dele e abri um sorriso. A expressão segura no rosto dele fraquejou um pouco. Eu quis que Cheyenne estivesse ali para testemunhar aquele momento.

— Diretor Cromwell — comecei. — Não tenho a mais vaga ideia do que o senhor está falando.

PRONTO

Quando voltei ao Billings, as meninas estavam todas reunidas no salão. Todas exceto Cheyenne, que fora convocada a entrar na sala do diretor depois que saí. Rose e Portia se levantaram quando passei pela porta. Os olhos de Portia vasculhavam o espaço por cima do meu ombro.

— E Cheyenne? — perguntou ela.

— Continuou lá.

De repente, me senti esgotada. Caminhei até a sacada envidraçada e me sentei, os olhos fixos na escuridão do pátio lá fora. Os pensamentos lotavam minha cabeça. Era impossível focar em um só. O que eu havia feito? Tinha mesmo aberto mão da grande chance de me ver livre de Cheyenne? Agora eu teria mesmo de conviver com o peso daquele ódio pelo resto do ano?

Sentindo uma mão pousar no meu ombro, ergui os olhos. Era Rose.

— Só quis ver se você estava bem — falou ela. — Depois de todas as coisas que Cheyenne falou mais cedo...

Meu coração era uma caixa oca.

— Estou, sim, obrigada.

Atrás dela, as outras meninas começaram a murmurar entre si. Constance, Sabine, Astrid, Kiki e Lorna estavam reunidas num canto, discutindo algo com ar urgente. Missy estava sentada sozinha com os olhos fixos na lareira escura.

— Não é verdade, sabe. Aquilo que ela disse — contou Rose, sentando no banco da sacada em frente ao meu. — Bem, pelo menos não inteiramente. Você não foi aprovada numa votação normal. Mas ela errou quando disse que sua presença não é bem-vinda aqui. Nós todas adoramos você.

Tive de rir. Apoiei a testa na vidraça fria e espiei a noite lá fora.

— OK, fala sério.

— Estou falando — insistiu Rose. — Considerando tudo que você havia enfrentado no ano passado, só o fato de ter voltado depois das férias... Bem, todas ficaram impressionadas. Nenhuma de nós teria a mesma coragem. E você sabe como é querida. Pense em toda a diversão que tivemos na última primavera. Os dias no spa, aquele final de semana de compras enlouquecidas em Boston, a comemoração dos 17 anos de Vienna...

Um sorriso se abriu quando me lembrei da aniversariante, totalmente bêbada, tentando reproduzir nas barras assimétricas o número que aprendera ainda menina numa passagem rápida pelas aulas de ginástica olímpica — e sem se dar conta de que estava prestes a fazer isso na amurada do iate do pai, em pleno mar. Gage havia conseguido agarrá-la dois segundos antes que caísse na água e passou o resto da noite fazendo questão que todos o chamassem de "Meu

Herói", porque, em sua opinião, a grande façanha havia sido ter conseguido salvar o resto da festa para nós, e não a vida de Vienna.

— A questão é Cheyenne — continuou Rose. — Por algum motivo, ela implicou com você desde o primeiro momento.

— Acho que nós duas sabemos qual é o motivo. Ela jamais engoliu a presença de uma bolsista com guarda-roupa da Gap e um corte de cabelo de vinte dólares no Billings — falei, recordando do dia do trote em que Cheyenne fez menção à minha origem proletária e esmagou as bolinhas de blush no tapete para que eu limpasse. De alguma maneira, eu havia tirado essa lembrança de vista desde aquele dia. E tinha chegado até mesmo a apreciar um pouco a companhia da garota ao longo do ano que passara. Um surto temporário de insanidade.

— Vinte dólares? Sério? — disse Rose, assumindo momentaneamente um ar horrorizado. Mas, logo em seguida, se recompôs e abanou uma das mãos. — Quero dizer, olhando ninguém diz.

— Valeu, Rose — falei, rindo.

— Não tem de quê — trinou ela. — E aí, tudo esclarecido? Não tive a chance de responder. A porta da frente do alojamento se abriu. Cheyenne surgiu em seguida na entrada do salão, caminhando com passos duros e olhos vermelhos. A aparência era de quem havia acabado de receber o diagnóstico de uma doença terminal.

— O que aconteceu? — indagou Rose, ficando de pé.

— Estou fora — respondeu Cheyenne. Ela manteve os olhos à frente, sem encarar ninguém. — Fui expulsa.

O ar fugiu dos meus pulmões. Eu não conseguia me mexer. Não fazia ideia do que pensar.

— Mas você não fez nada! — falou Portia. — Ou pelo menos nada diferente do que sempre fizemos. Por acaso disse a ele que...

— Eles não estão interessados — interrompeu Cheyenne, erguendo os olhos pela primeira vez. — Não quiseram nem ouvir qualquer explicação. Tenho a noite de hoje para arrumar minhas coisas e amanhã estarei fora daqui.

Ela girou o corpo e se afastou, cambaleando. Portia saltou por cima das pernas de Tiffany e a seguiu correndo. Nenhuma das outras mexeu um músculo. Procurei o olhar de Sabine, trêmula. Ela me encarou de volta. Estava acabado. Cheyenne havia conseguido a própria expulsão. E nós nem tínhamos feito nada.

CASTIGO PROPORCIONAL AO CRIME

Dois segundos depois, ninguém tinha recuperado os movimentos ainda quando a porta do Billings se abriu novamente. Os olhos das garotas vaguearam incertos por todas as direções, como se nossa fortaleza estivesse sendo invadida e não soubéssemos onde tínhamos deixado as armas. O diretor Cromwell entrou sem demora no salão, com a Sra. Naylor, logo ela, em seu encalço. Mesmo em plena madrugada, ela apareceu toda arrumada, metida num terninho cinza sobre camisa cor de berinjela, os olhos aquosos sublinhados pelo mesmo delineador forte de sempre.

— Todas façam o favor de se sentar — ordenou o diretor.

Nós obedecemos. Todas as 14 garotas presentes. Eu me perguntei se ele daria pela ausência de Portia, mas não estava muito preocupada com isso. O que viria agora? Meu coração não tinha mais forças para aguentar momentos assim. Faltava ar no salão. Meu pulso latejava curto e acelerado. À minha esquerda, Sabine parecia tão tensa que um barulho mais alto a teria feito pular ate o teto. À direita, Constance estava com o rosto esverdeado. As duas mãos de Tiffany estavam dobradas sobre o colo. Excepcionalmente, não se via nem sinal de sua câmera.

O diretor pigarreou.

— Senhoritas, todas já devem estar cientes do meu profundo desagrado, então não voltarei a reforçar isso por ora — iniciou. — Quero informar que Cheyenne Martin foi expulsa e que eu demiti a Srta. Lattimer.

Arfadas de espanto por toda parte. Nessa, nem eu conseguia acreditar.

— Sei que ela fazia parte do nosso quadro havia muitos anos, mas, como vinha dando mostras de sua total incapacidade para manter este grupo sob controle, a demissão foi inevitável.

— Meu Deus do Céu — soltou Vienna baixinho.

Eu sabia o que estava lhe passando pela cabeça. Lattimer podia ter aquele jeito arrogante e empertigado, mas a verdade era que comia na palma da nossa mão. Ela fizera vista grossa para o que se passava no Billings em diversas ocasiões, não apenas este ano, mas no anterior também. E era sabido, entre as meninas, que Noelle lhe conseguia secretamente dinheiro, sapatos ou o que quer que fosse capaz de comprar sua cooperação. Sem ela como preceptora do alojamento...

— Com isso, a Sra. Naylor se ofereceu gentilmente para tomar o lugar da Srta. Lattimer — prosseguiu o diretor.

A Sra. Naylor ergueu a cabeça. O papo balançou de um lado para o outro sob o queixo enquanto ela nos lançava um olhar cheio de superioridade. Constance agarrou minha mão, provavelmente para refrear o impulso de se encolher na cadeira.

— Ela ficará encarregada de produzir relatórios diários sobre a rotina do alojamento — explicou Cromwell. — E todas as noites esses relatórios serão lidos por mim. Cada espirro de vocês chegará ao meu conhecimento. Se houver uma discussão, por menor que seja, entre as moradoras do alojamento, ficarei a par do ocorrido. Portanto, sugiro que pensem muito bem nas atitudes que terão deste momento em diante. Sra. Naylor, a palavra é sua.

O diretor afastou-se para um lado, e Naylor começou a caminhar de um canto para o outro diante da janela principal, escrutinando todas como se fôssemos recrutas novatas no seu batalhão do infortúnio. Os sapatos ortopédicos haviam sido lustrados com afinco, e as solas rangiam a cada passada.

— Muitas aqui já me conhecem — começou ela. — Algumas ainda não. As que não me conhecem logo terão a chance de conhecer, isso eu garanto. E conhecer bem. Passaremos *boa parte* do tempo juntas. Esta escola é uma prestigiosa instituição de ensino. As instalações do alojamento servem para o estudo e para o descanso. Elas não são espaço de socialização. Não são espaço de festas. Até onde pude apurar, vocês e suas predecessoras já foram longe demais na escalada para manchar o bom nome da Easton nos últimos anos. Mas esse tempo acabou, com a minha chegada.

Um olhar de relance para London e Vienna revelou expressões de quem tinha acabado de ter o American Express Black sumariamente confiscado. O clima de desespero geral era palpável.

Em se tratando de castigos, eu tinha de admitir que esse fora um tanto criativo. Cromwell não havia decretado uma expulsão em massa, mas, para muitas garotas ali, esse seria um destino ainda pior. Se fossem expulsas, poderiam procurar algum outro internato de elite onde continuariam com a vida animada de socialites mirins. Mas, sob a vigilância cerrada da Sra. Naylor, a festa estava acabada. A vida no Alojamento Billings jamais seria a mesma.

PAZ

A porta do quarto de Cheyenne estava aberta. Eu não saberia dizer o que me atraiu para lá, mas, enquanto as outras seguiam a ordem da Sra. Naylor e iam direto para a cama, fui caminhando naquela direção. Só de pensar no impacto daquilo tudo na vida da garota, eu sentia falta de ar. Cheyenne amava este lugar. Não só o Alojamento Billings, mas a Easton. Ela estava no último ano do colégio. E agora, sem mais nem menos, tudo desmoronava.

Eu a encontrei sentada na beirada da cama impecavelmente arrumada, os joelhos juntos, os pés separados, o corpo caído para a frente. Encarando o vazio. Seus olhos registraram minha presença.

— Veio cantar vitória?

— Não — respondi automaticamente.

— Por que não? Não era isso que você queria? — indagou ela, erguendo as palmas das mãos enquanto ficava de pé. — Não foi para isso que trabalhou desde o começo do ano?

Pisquei.

— Trabalhei? Era você que queria riscar outras garotas do mapa. Eu só decidi defendê-las.

— Ora, por favor! Nós duas sabemos que você é a culpada por tudo isso — atacou Cheyenne. — Não insulte minha inteligência fingindo o contrário.

Dei alguns passos para dentro do quarto.

— Eu, culpada? O que foi que você bebeu?

— Sei que foi você que dedurou para o Cromwell tudo sobre a iniciação — acusou ela, de pé. — De que outro jeito ele poderia ter armado aquele flagrante ridículo mais cedo?

— Eu dedurei para ele? Por que faria isso? — perguntei, totalmente aturdida.

— Obviamente você descobriu que eu não pretendia iniciar suas amiguinhas fracassadas, então decidiu arruinar a coisa toda — explodiu Cheyenne.

— Muito bem, Srta. Memória Seletiva, vamos por partes. Para começar, eu não fazia ideia do seu plano de humilhar as garotas. Por acaso não se lembra da minha reação chocada? Detestava ter de passar atestado de ingenuidade, mas a verdade era essa. E, se era preciso fazer isso para acalmar aquele surto psicótico sem noção, que fosse.

— Então você é uma boa atriz. Muito bem, Flipper.

— Muito bem, Flipper?! De onde você tira essas expressões?

— Só o que sei é que uma verdadeira Menina do Billings jamais trairia suas irmãs desse jeito — falou Cheyenne, caminhando devagar na minha direção. — Isto aqui é um alojamento de elite, Reed. Mas você não entende isso, entende? Não consegue compreender que nossas vidas são diferentes da sua. Que sempre serão diferentes. Que os laços entre nós se baseiam em coisas muito mais profundas do que você poderia sonhar.

— Que coisas? Dinheiro? Prestígio? O cartão de crédito do papai? — retruquei. — Nossa, muito profundas.

Cheyenne fungou, me medindo de cima a baixo com o olhar.

— Está vendo? Está aí a prova do que eu disse. Seu lugar não é entre nós. Você não tem ideia dos requisitos necessários para alguém fazer parte do Billings.

Ela cruzou os braços sobre o peito, fazendo o *B* de diamantes deslizar no cordão. Aquele penduricalho ridículo. A ferramenta pedante que ela usara para nos distinguir da multidão. Nossa, como eu queria que ela tivesse me visto na sala do diretor mais cedo. Que alguém a havia dedurado, isso era certo. Essa era a única explicação possível para a expulsão. Constance? Sabine? Eu não fazia ideia da responsável pela coisa toda. Mas nem que Cromwell quisesse, ele poderia dar o cartão vermelho para a garota sem estar de posse de pelo menos um testemunho contra ela. E não havia sido o meu. Como eu queria poder dizer isso a Cheyenne?

A questão era que eu tinha certeza absoluta de que, numa situação oposta, ela teria me dedurado sem pensar duas vezes. Portanto, não ficaria ali tentando me defender. Não a deixaria pensar que eu estava implorando sua aprovação e sua absolvição.

— Acho que quem não tem ideia é você — soltei entre dentes.

— Eu te odeio! — cuspiu Cheyenne, partindo para cima de mim. — Você nunca deveria ter posto os pés nesta escola!

Seu lugar não é aqui! Você não passa de uma caipira, nunca vai ser nada além de uma caipira.

O veneno daquelas palavras me tocou fundo. Estreitei os olhos.

— Isso pode até ser verdade, Cheyenne, mas amanhã, quando eu acordar, vou continuar sendo uma aluna da Academia Easton. E você, o que vai ser?

Ai. Meu. Deus. Eu tinha conseguido. A resposta perfeita no momento perfeito. Meu rosto estava quente de triunfo. Acompanhado de uma sensação que, irritantemente, me lembrava muito da de culpa. Mas ela estava merecendo, não estava? Depois de tudo que havia aprontado?

— Sai daqui — vociferou Cheyenne entre dentes, com uma lágrima de ódio escorrendo pelo rosto. As bochechas estavam quase púrpuras de tanta fúria.

— Cheyenne...

— Fora!

Ela me agarrou, girou meu corpo e me empurrou para o corredor. E, antes que eu pudesse me virar totalmente outra vez, já tinha batido a porta. Fiquei parada ali por um longo momento, tremendo enquanto fazia um esforço para voltar a respirar normalmente. Jamais tinha visto a garota daquele jeito. Aquilo havia sido quase apavorante.

— Srta. Brennan?

A voz da Sra. Naylor me fez pular de susto. Ela estava parada no fim do corredor, parecendo a própria encarnação da morte. Algumas portas se fecharam de modo discreto. Obviamente, algumas das outras meninas tinham ficado bisbilhotando minha conversa com Cheyenne.

— Ao que me lembre, dei ordens para que todas fossem para suas camas.

— É mesmo. Sinto muito — falei, indo apressada na direção do meu quarto.

Captei seu olhar de desdém enquanto me esgueirava para dentro e fechava a porta. Sabine ergueu o corpo e sentou na cama. As velas na sua mesa de cabeceira estavam acesas, e o movimento fez as chamas bruxulearem.

— Está tudo bem? — perguntou ela.

Sentei no meu edredom, ainda tremendo, e inspirei bem fundo.

— Está — respondi. Para depois engolir em seco, me sentindo quase nervosa. — Mas então. Foi uma reviravolta interessante.

— É — retrucou ela. — Bem interessante.

— Você a dedurou? — indaguei.

— Não — respondeu Sabine, na hora. — Você?

— Não. Mas acho que não precisamos falar daquele assunto sobre o qual tínhamos combinado de não falar.

Eu lhe lancei um rápido olhar de relance. Ela deu de ombros. Tentou não sorrir.

— Acho que não.

Eu me livrei das roupas da cerimônia de iniciação, puxei uma camiseta de dormir de dentro da gaveta e a vesti. Sem lavar o rosto. Sem escovar os cabelos. Tudo que eu queria era me meter debaixo das cobertas e dormir um sono profundo. Meu corpo estava tão exausto que parecia dez vezes mais pesado que o normal. Algo me dizia que nem os pensamentos sobre Josh e Cheyenne conseguiriam me manter acordada esta noite.

— Boa noite — falei para Sabine, me virando de cara para a parede.

— Boa noite.

Ela soprou as velas, e o cheiro acre de fumaça tomou conta do ar. Eu o sorvi com a respiração e dei um suspiro, tentando apagar todas as imagens do rosto de Cheyenne da minha cabeça. A garota tinha surtado pra valer, agora. Acho que seria melhor mesmo para todas nós que ela fosse embora de vez.

Quem sabe assim pudéssemos enfim ter um pouco de paz.

NÃO ESTAVA MAIS LÁ

Eu me sentei na cama num salto, a mão já sobre o coração. Havia uma pessoa berrando. Berrando sem parar. Meus olhos procuraram Sabine. Ela estava de pé, o peito subindo e descendo com a respiração ofegante.

— O que é isso? O que é? — perguntou ela.

Portas batendo. Passadas ecoando no assoalho. Empurrei as cobertas para o lado. Raios ainda fracos de sol começavam a atravessar as cortinas. Alguém gritou algo. Um segundo berro se sobrepôs ao primeiro. Disparei para o corredor, seguida por Sabine. Vienna no chão encostada à porta, aos prantos. London, Portia, Tiffany e Kiki aglomeradas à entrada do quarto de Cheyenne. Missy e Lorna, agarradas uma à outra. Alguém, em algum lugar, estava vomitando. Cheguei até a porta e entrei sem dificuldade. Rose ainda estava berrando. Berrando junto ao corpo estendido de Cheyenne.

— Cheyenne! Meu Deus do Céu! Cheyenne!

A voz era minha, mas parecia estar saindo de outro lugar. Caí de joelhos. Tomei o rosto nas mãos. Gelado e macilento. Cinza. Minúsculos pontinhos vermelhos salpicavam a pele em volta dos olhos.

— Cheyenne! Acorde, Cheyenne! — Eu me ouvi gritar.

E dei tapas no rosto dela com os dedos, sabendo que isso não ia adiantar nada. Sabendo que era tarde demais.

— Pare de berrar — rugi para Rose.

Tiffany se aproximou, contornando Cheyenne nas pontas dos pés como se tivesse medo de se contaminar com alguma coisa, e abraçou Rose, que, com a graça dos céus, se calou.

— Overdose — disse London, ofegante. — Só pode ter sido uma OD.

Havia comprimidos espalhados pelo chão. Um saquinho de veludo com os comprimidinhos transbordando. Pequenos comprimidos brancos com um ponto azul em cada um. Senti o mundo desabar na minha cabeça. Os olhos turvaram.

Comprimidos brancos com um ponto azul, comprimidos brancos com um pon...

De repente, Astrid surgiu no quarto trazendo a Sra. Naylor. A mão da garota voou na direção da boca aberta, e ela desviou os olhos do corpo. A Sra. Naylor, com uma agilidade que eu nunca suspeitei que existisse, caiu de joelhos ao meu lado e levou os dedos ao pescoço de Cheyenne. Eu me levantei. Recuei. Dei espaço para ela agir.

A Sra. Naylor começou os primeiros socorros. O quarto estava em silêncio. O choro de Vienna no corredor e o som da massagem cardíaca e da contagem eram os únicos ruídos. Olhei para Tiffany. Os olhos dela estavam arregalados, pregados na escrivaninha. Segui a direção do olhar. Lá, ao lado do laptop rosa-shocking de Cheyenne, jazia um pedaço de papel cor de lavanda. E nele, com a caligrafia serpenteante da garota, apenas algumas palavras.

Sinto muito. Não posso ir para casa.

Uma sirene rasgou o silêncio. A Sra. Naylor desistiu. Recostou o corpo para trás, apoiando-se nos chinelos de salto alto. Cobriu a boca com a mão marcada de veias. Ouvimos os paramédicos atravessando portas pelo prédio do alojamento, mas sabíamos que era tarde demais.

Cheyenne já não estava mais lá.

O FILME

Saí para o sol quente da manhã na entrada do Billings, e parecia que estava vendo um filme repetido. Era tudo tão familiar! Os carros de polícia. A fita amarela. As luzes piscantes. Estudantes de pijama perambulando com ar consternado. O choro, as especulações, o medo. Os policiais com expressões sérias e as mãos e ombros confortadores. Todos interpretavam seus papéis com perfeição.

Mas desta vez não havia neblina. Nem escuridão. Nem orvalho. Desta vez não havia incerteza. Nem confusão. Nem acusações.

Cheyenne havia se matado. Ponto final. Ela fechara a porta atrás de mim na noite anterior e, em algum momento antes de Rose voltar a abri-la de manhã para ajudá-la com as malas, dera um fim à própria vida.

À minha volta, as pessoas cochichavam e falavam e especulavam. À minha volta, as pessoas arregalavam os olhos e esperavam e se questionavam. Eu não escutava nenhuma delas. Não conseguia me mexer nem me concentrar. Mal conseguia continuar respirando.

Ela já tinha isso em mente quando me expulsou do quarto? Era isso que a expressão descontrolada no seu rosto sinalizava? Ela já sabia, então? Já havia planejado...

A porta principal do Alojamento Billings se abriu. Um enfermeiro alto e corpulento, de cabeça raspada, manobrou a maca para passar por ali. Uma maca coberta por uma camada grossa de lençóis brancos, mas com o contorno do corpo delineado por baixo deles de forma indisfarçável. A silhueta *mignon* parecia mais delicada que nunca. Era Cheyenne ali embaixo. Cheyenne. A mesma que ontem estava rindo com Portia na hora do almoço, estudando nos bancos do pátio. E hoje estava morta. Acabada. Para sempre.

Vi Ivy se destacar no meio da multidão. De pé sobre uma das muretas de pedra. Rose subiu ao lado dela. As duas ficaram lado a lado, olhando em silêncio, observando estoicamente a passagem da maca na direção da ambulância. As portas do veículo se abriram. As pernas da maca se desdobraram. Cheyenne foi posta lá dentro. Morta. Acabada. Para sempre.

E, de repente, Josh surgiu do nada, e eu estava nos braços dele.

— Meu Deus, Reed. Você está bem?

Apertei o rosto contra seu ombro. Não conseguia mais olhar aquilo. Não conseguia respirar. Não. Não. Não conseguia. Ele inclinou o corpo para trás. Tomou meu rosto entre as mãos. Tentou olhar nos meus olhos. Mas eu também não conseguia fazer isso. Fiquei encarando o peito dele. Pontinhos minúsculos boiavam diante dos meus olhos. Pontiagudos, uma nuvem de lindos pontinhos...

— Reed, respire — disse a voz de Josh. — Respire!

Não conseguia. Respirar. Pontos minúsculos. Havia tantos... tantos deles...

Josh me sacudiu com força. Abocanhei um naco de ar. A dor explodiu no meu peito. Veio a tosse. Eu arquejava. Tossia. O ar era muito pouco. Eu ia passar mal. Passar mal em cima de todo mundo.

— Abram caminho! Abram! — Ouvi Josh gritar. Ele me carregou até a mureta que cercava um dos jardins. Senti o gelado das pedras atravessar o tecido fino do short, e foi isso que me trouxe de volta. Baixei a cabeça entre os joelhos e comecei a inspirar e expirar... inspirar e expirar...

— Está tudo bem. Você está bem — falou Josh, com as mãos ainda nos meus ombros depois de agachar-se à minha frente. — Respire, agora. Só respire.

Inspira, expira. Inspira, expira. Eu estava respirando. Conseguia respirar. Enquanto Cheyenne...

— Por que você está sendo legal comigo desse jeito? — explodi, as lágrimas escorrendo pelo rosto.

— O quê?!

Levantei a cabeça. Tudo preto. Tive de me agarrar às pedras nas laterais da mureta até passar. Pisquei devagar, abrindo os olhos. O rosto de Josh era só preocupação. Pura preocupação inocente. Desesperada.

— Você está bem? — voltou a perguntar, passando os dedos pelos meus cabelos.

— Não. Não. Não estou bem. Ah, Josh, me perdoe! — chorei. — Não acreditei no que você falou, mas era verdade. Era tudo verdade!

— O que era verdade? — perguntou ele, pousando uma das mãos no meu joelho.

— Você! O tal comprimido. Foi Cheyenne. Ela fez aquilo com você. Eu vi. Eu vi os comprimidos. — Eu estava descontrolada. — Foram os que ela usou... Os que ela usou para... E acabou por aí. Não me restavam mais forças. Debrucei no ombro forte de Josh e caí no choro. E chorei e chorei e chorei e chorei. Ela provavelmente tinha mandado o SMS para si mesma. Pegou o telefone dele e armou a história toda para me enganar. Num estado de desespero que obviamente a levara a esse extremo.

— Por que ela faria uma coisa dessas? Por quê? — repetia eu.

— Está tudo bem, Reed — sussurrou Josh, me abraçando. Ele acariciava meu cabelo e cochichava ao meu ouvido. — Tudo bem. Vai ficar tudo bem.

CURIOSIDADE MÓRBIDA

Sabine entrou no nosso quarto mais tarde nesse mesmo dia e me encontrou arrumando a sacola do time de futebol da Easton. Ela parou na hora, a mão ainda na maçaneta.

— Aonde você vai? — inquiriu ela. Quase áspera.

— Josh achou que seria boa ideia dar um tempo deste lugar — expliquei. — Mas pode ficar calma. Eu volto.

A tensão do corpo dela sumiu.

— Ufa! Achei que você estivesse indo embora.

— Não. Ainda não, pelo menos. — Uma tentativa de piada. Infeliz, diga-se. Nós nos entreolhamos, e as duas reviraram os olhos.

— E onde vai ser seu refúgio?

Ela caminhou até a escrivaninha e se sentou, dura. Os movimentos de todas nós estavam rígidos desde o acontecimento da manhã. Como se não soubéssemos mais como agir. Como se aquele quarto no fim do corredor estivesse de alguma forma nos espreitando. Depois que a ambulância foi embora e os policiais terminaram seu trabalho, só algumas poucas Meninas do Billings voltaram para o alojamento. Certamente as aulas teriam sido canceladas se fosse um dia de semana, mas, como já era sábado de qualquer maneira, elas aproveitaram a folga para passar o tempo na biblioteca, no pátio, em outros alojamentos. As poucas que apareceram de volta mantiveram as portas fechadas. Num fim de semana comum haveria portas abertas, música ecoando pelo corredor, burburinho e risadas por toda parte. Só de pensar nisso, eu já sentia um peso no coração. Mal podia esperar para estar longe dali.

— Nova York — falei. — Os pais de Josh nos deixaram ficar na casa que têm na cidade. E, como estão na França no momento...

— Vocês dois ficarão sozinhos lá — emendou Sabine.

— Pode acreditar, essa é a última coisa que está me passando pela cabeça agora — retruquei. — Só quero mesmo é sair daqui.

Puxei o zíper da sacola. Olhei para a porta.

— Mas lamento por ter de largar você sozinha assim — falei. — É uma certa traição da minha parte, eu sei.

— Ah, não se preocupe com isso — disse Sabine, erguendo a mão. — Minha irmã está passando uns dias em Boston, então pedi uma dispensa do campus. Mal posso esperar para vê-la.

— Mas que notícia ótima! — exclamei, surpresa. Sabine não tinha mencionado nada sobre essa viagem da irmã antes. — Pena que não vou estar por aqui para conhecê-la.

— Sem problemas. — Ela abriu um sorriso. — Da próxima vez, ela certamente vai adorar conhecer você também. —

Voltou a se levantar e pegou um livro da bolsa. — Acho que vou lá para fora encontrar Constance e as outras. — Como eu disse, ninguém estava aguentando passar muito tempo dentro do Billings. — Divirta-se em NY. Tente não pensar neste lugar.

— Vou tentar — falei, aceitando o rápido abraço que ela me deu.

Depois que Sabine saiu, o lugar ficou quieto como um túmulo. Senti o pulso acelerar e comecei a pensar que seria boa ideia dar uma volta lá fora também até a hora da viagem. Estava prestes a pegar a mochila e sair quando meus olhos bateram no computador e me fizeram parar. Eu não checava os e-mails desde a manhã da véspera. E me perguntei, com um calafrio, se haveria alguma mensagem de Dash. Fiquei imaginando se, no mundo muito pequeno em que nós dois circulávamos, ele já não teria recebido a notícia. Não tinha notícias dele desde que perguntara sobre a possibilidade de fazer contato com Noelle. Mas isso... Bem, ele certamente teria escrito se tivesse recebido a notícia. Tensa de expectativa, me sentei e abri a janela do navegador da internet. E lá estava, a primeira mensagem era mesmo de Dash, registrada com um horário de envio naquela manhã fatídica um pouco mais tarde. Com um clique rápido para abri-la, dei uma olhada de relance para trás. A porta do quarto continuava fechada.

Depois de inspirar fundo, me voltei para a tela outra vez. O recado era curto.

Reed,
Não se preocupe. Tudo tem uma razão de ser.
Dash

Pisquei. Voltei a ler. Aquela era uma referência a Cheyenne ou a alguma coisa que eu havia escrito antes? Não conseguia imaginar Dash soando tão indiferente ao falar da morte de alguém que tinha conhecido. De alguém a quem talvez até já tivesse se referido como amiga. Mas o que eu escrevera para ele antes que poderia motivar uma resposta daquela? Eu me dei conta de que, depois de tudo que acontecera, não conseguia mais me lembrar das minhas próprias palavras.

Fechei a mensagem. A lista da Caixa de Entrada voltou a aparecer. Meu coração parou por completo.

O segundo e-mail era de Cheyenne. Enviado às 2h04 daquela madrugada.

Da mesma Cheyenne que havia batido a porta às minhas costas na noite anterior e que, em algum momento antes de Rose voltar a abri-la de manhã cedo, dera um fim à própria vida.

A mensagem na Caixa de Entrada era de alguém que nunca mais voltaria a falar com pessoa alguma. Que nunca mais escreveria ou pronunciaria qualquer palavra. Por que ela havia enviado uma mensagem logo para mim? Por que teria decidido dividir comigo alguns de seus últimos pensamentos?

Minha garganta secou. Um pavor insano foi descendo dos ombros pelo meu peito até tomar conta das entranhas, se retorcendo no estômago como se fosse uma cobra. Eu sentia que havia alguém me espreitando. Olhando a cena toda e se deleitando sadicamente com ela.

Respirei bem fundo uma vez. Aprumei as costas. Tentei passar um ar despreocupado. Tentei me sentir despreocupada. Minha mão pairava por cima do mouse.

Apagar e pronto. Era isso que eu devia fazer. Esquecer que aquela mensagem apareceu ali. Fingir que nunca havia aparecido.

Mas a quem eu estava tentando enganar? Nem mesmo Reed Brennan estava imune a uma dose de curiosidade mórbida. Naquele momento, tive certeza de que não conseguiria viver em paz pelo resto da vida se não soubesse o conteúdo da tal mensagem.

Baixei a mão. Cliquei para abrir o e-mail. E imediatamente desejei não tê-lo feito. Dizia apenas:

Ignore o bilhete. Foi você que fez isso comigo. Você arruinou minha vida.

SURPRESA!

Eu arruinara a vida dela? Mas como? Não fui eu que provoquei sua expulsão do colégio. Não entregara nenhum nome ao diretor. E devia ter dito isso a ela. Devia ter contado sobre a decisão de protegê-la mesmo depois de tudo. Por que eu não havia contado? Por puro orgulho. Meu orgulho. Então meu orgulho tinha causado a morte de Cheyenne?

— Reed?

Josh estava segurando a porta de vidro aberta do restaurante na Perry Street. Os aromas vindos lá de dentro instigaram minhas papilas gustativas. Era uma pena que quase com certeza meu estômago rejeitaria qualquer coisa que eu tentasse ingerir.

— Obrigada — falei, passando por Josh.

Ele pousou a mão no meu braço. Os dedos estavam bem quentes.

— Você está bem? Não precisamos comer fora se você não estiver com vontade.

Antes houvera um debate de meia hora para decidir se era melhor sair ou ficar em casa, com Josh argumentando contra si mesmo de ambos os lados. Pró: tínhamos acabado de reatar o namoro, e isso merecia uma comemoração. Contra: como conseguiríamos comemorar depois do suicídio de uma pessoa próxima? Eu, no estado aéreo em que me encontrava, fui concordando com os argumentos de ambos os lados à medida que eles eram apresentados. E Josh, no final, se viu obrigado a nortear sua decisão pela fome. Peguei meu vestido favorito da H&M, sem me preocupar se seria arrumado o suficiente para o lugar aonde ele me levaria, puxei o cabelo num rabo de cavalo e o segui porta afora.

— Estou bem — menti. — Só com um pouco de fome.

Ele abriu um sorriso, assentiu com a cabeça e me seguiu para dentro do lugar. O maître nos conduziu a uma mesa no centro do salão. A maior mesa que havia no restaurante acomodava quatro pessoas, e as cadeiras de braços, fundas e confortáveis, eram do tipo que poderia ser visto numa sala de estar elegante. Quando afundei na minha, foi como entrar num casulo. Quente. Seguro. Agora seria só conseguir me concentrar em Josh a noite toda, manter uma conversação razoável, para eu talvez conseguir tirar o tal e-mail da cabeça.

— Droga — resmungou Josh, parando a meio-caminho do seu assento.

Meu coração se arremessou contra o osso esterno. A reação saiu exageradamente violenta:

— Que foi?

— Acabei de ver uns amigos dos meus pais — disse ele, erguendo uma das mãos e esboçando um sorriso forçado. — Desculpe, Reed, mas tenho de ir até lá. Não demoro.

Minhas mãos se crisparam nos braços da cadeira. Não. Não saia de perto de mim. Não saia de perto de mim. Não saia. Não vou aguentar ficar sozinha agora.

— Tudo bem — falei, engolindo em seco.

— Prometo que vou estar de volta em dois segundos — disse ele.

No instante em que me vi sozinha, meu coração começou a disparar. Gotas de suor brotaram nas axilas e desceram pelas costas. Ela não podia ter me culpado de verdade. Não era possível. Ela precisava saber que, mesmo com tudo que acontecera, haveria uma vida inteira pela frente. Uma garota como Cheyenne seria recebida de braços abertos em um milhão de outras escolas particulares e, de qualquer maneira, teria sua vaga garantida em uma universidade de primeira linha. Não tinha sido culpa minha. Não podia ter...

Por que aquela mulher não para me de olhar desse jeito? Parece até que ela sabe de alguma coisa. Parece que só de olhar para mim ela...

Muito bem, Reed, respire fundo. Cheyenne não era uma pessoa muito estável. Isso era óbvio. Mesmo que ela tenha culpado você por sua morte, isso não quer dizer muita coisa. Gente estável não comete suicídio. Gente estável não deixa dois bilhetes suicidas com mensagens contraditórias.

Gente estável, por falar nisso, também não entra em surtos paranoicos de pânico só porque o namorado se levantou da mesa.

Estava quente demais dentro do restaurante. As velas sugavam todo o ar disponível. Eu tinha de sair dali. Imediatamente. Tateei atrás da minha bolsa. Peguei o celular. O plano era ir lá fora telefonar para meu irmão. Eu precisava ouvir uma voz conhecida. Precisava falar com alguém em quem confiasse.

Minhas mãos estavam tremendo. O aparelho escapou e foi parar no chão. Dedos elegantes se adiantaram para resgatá-lo para mim.

— Perdeu alguma coisa, Pequena Voyeur?

Ai. Meu. Deus.

Inclinei o corpo para a frente, driblando o braço da cadeira estofada, e Noelle Lange se revelou por inteiro. Meu coração parecia que ia explodir e sair do peito. Até esse instante, eu não tinha me dado conta de que, numa certa medida, chegara a acreditar que nunca mais me encontraria com ela.

— Noelle!

Dei um salto. Quase fiz a cadeira pesada tombar para trás. Ela usou a mão livre para aparar o encosto.

— Certo, não precisa exagerar na empolgação — falou Noelle, revirando os olhos. — Parece até que encontrou uma morta-viva ou coisa parecida...

Por algum motivo, pela forma como essas palavras foram ditas, soube que Noelle já estava ciente sobre Cheyenne. E nem me importei com a falta de tato que ela demonstrou. O importante era que ela estava ali. Milagrosamente, no momento perfeito, estava ali. Abri os braços e a puxei para um abraço apertado.

— Como estou feliz por ver você!

Ela retribuiu o abraço.

— Eu também.

Eu a examinei com o olhar quando afastei o corpo. Ela estava deslumbrante, claro. O comprido cabelo castanho brilhava, e o novo corte, com uma franja comprida, formava o complemento perfeito para os olhos também castanhos. O vestido envelope preto tinha um decote generoso e era arrematado por um pingente de diamante simples, mas absolutamente fabuloso. As sandálias coloridas de tiras eram tão altas que a deixaram bem maior que eu, e as pernas douradas de sol tinham cada músculo no lugar exato.

— Por onde você tem andando? — Eu quis saber, reparando no bronzeado perfeito.

— Por aí — respondeu ela, num tom casual. — E, desta semana em diante, sou uma mulher livre. Os advogados geniais do meu pai finalmente conseguiram dobrar *La Beastesse*... O apelidinho que dei para a juíza que estava tratando do meu caso — acrescentou, num sussurro conspiratório. — Portanto, minha condicional foi oficialmente relaxada. Seja lá o que signifique isso.

— Mas o *que* significa isso? — perguntei.

— Basicamente, que agora posso sair do país — respondeu ela, pegando meu copo de água da mesa e tomando um gole. — O que já estava *mais* do que na hora de acontecer, claro. Eu não aguentava mais o tédio dos Hamptons.

— Então você... está pensando mesmo em sair do país? — indaguei, tomada por uma sensação inexplicável de desapontamento. Fosse como fosse, não haveria como Noelle voltar dali para a Easton comigo. Ela nunca mais estaria a um corredor de distância do meu quarto. Olhando por mim. Me protegendo.

Noelle me mediu de cima a baixo com o olhar.

— Para falar a verdade, ainda não sei. Certos acontecimentos recentes talvez me motivem a ficar nas redondezas

285

Engoli em seco.

— Você não está falando... quero dizer... é claro que já soube do que houve com Cheyenne.

— Já. — Ela franziu os lábios. Voltou a pousar o copo de água na mesa. — Uma lástima. Mas você conhece o ditado, Reed.

Olhei bem dentro dos seus olhos. Daqueles olhos tão familiares, faiscantes e ardilosos. Quase não conseguia acreditar que ela estivesse mesmo ali. Não acreditava no quanto havia sentido a falta de Noelle. No quanto havia sentido falta dessa sensação. Da sensação de que qualquer coisa poderia acontecer.

— Qual? — indaguei. — Qual é o ditado?

Noelle sorriu sugestivamente.

— Tudo tem uma razão de ser.

Este livro foi composto na tipologia Sabon
Lt Std, em corpo 11/16, e impresso em papel
off-white no Sistema Cameron da Divisão
Gráfica da Distribuidora Record.